用英文
不用學英文

黃玫君博士◎著

閱讀、寫作、進階句型篇

高寶國際有限公司
高寶國際集團

General Language 002

用英文不用學英文——閱讀、寫作、進階句型篇

作　　者	黃玟君
編　　輯	陳家玲
校　　對	黃玟君 編輯群
出 版 者	英屬維京群島商高寶國際有限公司台灣分公司
	Global Group Holdings, Ltd.
聯絡地址	台北市內湖區新明路 174 巷 15 號 10 樓
網　　址	www.sitak.com.tw
E－m a i l	readers@sitak.com.tw（讀者服務部）
	pr@sitak.com.tw（公關諮詢部）
電　　話	(02) 27911197 · 27918621
電　　傳	出版部　(02) 27955824
	行銷部　(02) 27955825
郵政劃撥	19394552
戶　　名	英屬維京群島商高寶國際有限公司台灣分公司
出版日期	2004 年 11 月
發　　行	希代書版集團發行/Printed in Taiwan

ISBN：986-7799-93-3

國內英語教學的一盞明燈

　　我最早是在報上看到玫君在台科大授課的報導，覺得她很有自己的一套方法，我製作過「魔法ABC」節目，對英語教學節目很有興趣，所以就找她來聊聊。我很少見到這麼愛教書、這麼有熱忱的一個女孩子；就是這份熱忱，加上她的學術專長正是文化溝通與外語教學，因此她很了解一般人在學習英文時所遇到的困難，更能一語道破"Chinese English"的問題所在。

　　玫君對教學和教育一直有很多想法，她在這本書裡所提的觀念和方法，不但有趣，也一定有效，所以我很樂意在這裡推薦她，也希望在不久的將來可以跟她合作開闢節目。祝福玫君，也期許妳在英語教學的領域盡情揮灑！

資深媒體人
王偉忠

前言 Introduction

各位親愛的讀者：

你是否有以下學習英文的經驗？

- 背過字典；

  （但每次背不到兩頁即自動進入夢鄉）
- 背過「××片語」、「××文法」、「××字彙」等書籍；

  （但往往背了又忘、忘了又背、背了再忘，屢試不爽）
- 上補習班、請家教補習國中、高中英文、全民英檢、托福、GRE；（但錢花了不少，英文進步不了）
- 花錢參加坊間英文「考前密集班」、「考前大猜題」講座；

  （但是考試成績依然很差，或者雖考得不錯，與同學打完一場籃球後就什麼都忘光光）
- 家中有數本、甚至數十本英語學習的參考書及工具書；

  （但每本唸了幾頁後，就被「供」在閣樓的書架上）
- 買過幾次 China Post、Taipei Times 等英文報紙；

  （但從來沒有，真的，從來沒有好好看完1/4份報紙）
- 訂閱過或仍在訂閱×××教室、××說英語等雜誌；

（但往往沒有按時收聽雜誌的廣播或收看電視節目）

● 收看過電視上不同種類的英文教學節目；

（但這些節目不是程度與自身不合，就是節目時段詭異，無法規律性的收看。此外，因為這些節目並沒有連貫性，無法激起每集按時收看的興趣）

如果你有一項或多項上列學習英語的經驗，並仍為自己的英語感到憂心，很高興你購買了這本書。謝謝你在接觸英文多年後，儘管可能屢戰屢敗，屢敗屢戰，對學習英語這件事仍抱持著興趣及熱忱！千萬不要小看這樣的興趣及熱忱，因為，相信我，在所有將英文學好的必要條件中，「興趣及熱忱」是十分重要的。

但根據多年的教學經驗，我也必須老實說，光有興趣及熱忱不完全足夠──你還須具備正確有效的學習觀念及有系統的學習方式。這也是我寫這本書的目的──破除你以往似是而非的**學習觀念及方法**、提出一套更好的**學習觀念及方法**。有了這些，再加上你原本就有的學習興趣及熱忱，我相信你的英文會有長足的進步。

認識我的人，無論是台灣人或是以英語為母語的人，都會驚訝於我幾近「母語」程度的英語。大部分人的第一反應便是：「妳是不是從小在美國長大的？」或者「妳是在哪裡學的英語？」

其實我的求學過程非常平凡，和我那年代的大部分莘莘學子

沒啥兩樣。我從小在自家附近唸小學，沒有補過「兒童美語」，在升國中一年級時，才與英文有了「第一類接觸」。高中聯考考上景美女中，心思還是不在英文上，天天想盡辦法在老師的催逼聲中與同學的讀書聲中努力活出一個自以為是的慘綠少年。大學時僥倖考上台大，卻分發到一個我沒有興趣的科系，於是大學前兩年在玩樂中度過，大三時則在徹底覺悟後，開始努力學習英文，為出國深造做準備。

　　所以說穿了，我在第一次出國前，其實有個非常孤獨的英文學習過程。我跟很多學生一樣，在學習的過程中，遇到幾個「教得有點爛」的英語老師。泰半時間裡，我都是自行摸索、匍伏前進。

　　在美國唸英語教學碩士是我人生的一大轉折。我第一次經歷到截然不同的教學方式，才知道教學可以有如此不同的面貌，也驚訝地發現「教學」竟是這麼大的一門學問。

　　幾年後唸博士時，我除了一邊進修學業，也一邊重新思考語言與文化的關係。我在英語能力更加精進的同時，也開始思索如何將自己學習英文的經驗與所學的「英語教學理論」及「多元文化理論」結合。我開始將以往學習英文的經驗，以及老師教學的方式列出來，然後一項一項思索它們的優缺點。回台灣在大學任教後，遇到許多來自不同科系、不同背景的學生，有的才剛上大學，正是準備開始享受大學多采多姿生活的時候；有的是白天工

作、晚上來進修的在職人士，他們多已有明確的讀書目標，很清楚知道自己在英文方面需要什麼。面對這麼多不同程度、不同背景、不同需求的學生，我將以往已稍有心得的英語教學理論與教學方式做了妥善的整合，務求符合多數學生的學習興趣及期望。

經過這些日子的摸索，我已較有自信可以帶給學生一個更好的英語學習方式，幫助他們學得更有系統、更有樂趣。這次我把這些年的教學方法及心得結集成書，希望能幫助真心想學好英文的你，有一個重新認識英文、學習英文、喜愛英文的機會。當然，如果你有更好用、更特別的英文學習「撇步」，也請你與我聯絡。讓我們共同為提升台灣的英文能力加油！

最後，特別感謝吳惠珠老師及希代書版公司同仁的大力協助，讓本書得以順利出版。

國立台灣科技大學應用外語系專任助理教授

黃玟君博士

破除學習英文的六大迷思

摘自「用英文不用學英文」— 聽說、單字、基礎句型篇
— 閱讀、寫作、進階句型篇

親愛的同學，如果你有機會向英語很好的人請教他們學習英文的方法，並將他們的長篇大論綜合整理，會發現這些方法其實十分類似。同樣的，如果你觀察那些英文老是學不好的人，也會發覺他們的學習方法及觀念其實大同小異。既然如此，在我們花盡大把銀子、追求英文進步的同時，為何不老老實實的談一談這些「有效的」與「無效的」學習方法及觀念？

在開始探討更有系統、更有效的學習方式前，讓我們先來破除學習英文的六大迷思！

迷思 ❶ 「英文真的可以躺著學嗎？」

處在這個凡事注重效率、講求「速食」的二十一世紀，「快、狠、準」似乎是每個現代人求生存的唯一法則。

可不是嗎？打開電視，到處是教人在五分鐘做完家事、在十分鐘做完一家人早餐、在一星期減掉七公斤的節目。走一趟超市，到處充斥著三分鐘微波冷凍食品、「二合一洗髮精」、「三合一護膚面膜」，佳節過年，各家便利超商也用力推出「端午節／母親節／坐月

子外賣套餐」。連包裹文件的運送方式，也由以往的郵寄進步到快遞與宅急便。

如果你往書店走一趟，更會發現一拖拉古「五分鐘背三百個英文單字」、「三小時精通英語會話五百句」、「十小時英語簡報速成」的書。你這時才恍然大悟：哇！原來學英文也可以這樣簡單！就如同現在超流行的「日曬機」一樣，不用長途跋涉到海邊，只要躺著睡它幾個小時，就可以曬出一身古銅色的肌膚；同樣的，自己只要在家躺個幾小時，英文真的就會突飛猛進-從此考試只要憑直覺，閉著眼睛猜，就可以考高分、在pub看到帥帥的或美美的「外國人」，就可以隨心所欲與之哈啦，不再「愛你／妳在心口難開」…

老實說，「五分鐘背三百個英文單字」、「三小時精通英語會話五百句」、「十小時英語簡報速成」真的很令人心動，但你只要看看身邊的同學、同事、路人甲，以及那些廣大的、處在水深火熱、被英語搞得緊張兮兮、精神衰弱的台灣同胞們，就知道這種噱頭不可能有效！

我唸完碩士回國後，曾在托福補習班教過。那時候大部分留學補習班打的就是這種「一個月托福進步200分」的廣告，而我教的第一堂課便是「托福聽力解題／猜題技巧大公開」。我的責任是教同學在「尚未」聽到錄音帶中的句子前，便可以憑一些稀奇古怪的方法，例如「削去法」、「同音法」等，將答案猜出個六、七成。

想想看，這種招數多誘人啊！而事後也有很多學生跑來告訴

我，他們用我教的技巧對付模擬考或正式的托福考試，答對率真的提高的不少。有些同學還鼓勵我，乾脆將所有的答題技巧結集成冊，以便造福莘莘學子。現在想想，幸好當初沒有真的這麼做，不然你想想：「聽力不需要『聽』就可以答題」這種論調有多麼教壞囝仔大小、多麼誤國誤民啊！

所以今天如果你買這本書的目的是取得英文考試的技巧、或在幾天內大幅提升自己的考試成績，那對不起，本書不適合你！請儘快想辦法將本書退掉、轉賣、樂捐、或充作午睡時的枕頭。但若你是抱著破釜沉舟的決心，真心想要突破英語現況，甘心下工夫充實英文，那恭喜你！這本書絕對不會令你失望。

學英文其實沒有捷徑，更不可能一步登天，唯有用對方法，努力付出，按部就班，持之以恆。英語畢竟不是速食品，打開包裝、放在微波爐就可以充飢。雖然英文能力需靠日積月累，但對付難纏的它還是有「撇步」的，只要建立正確的學習觀念、找出有效又有趣的學習方法，學英文還是可以事半功倍。親愛的同學：老師我求學時不會比你更聰明、更有毅力，我只不過比一般人更早覺悟、更努力找出效率高的學習方法罷了。所以如果我可以精通英語，你當然也可以！

迷思 ❷ 背字典是增加英文字彙能力的不二法門

有些自詡英文程度很好的名人，在談到學習英文的方法時，都

會提到他們「背字典」的苦工夫：一頁一頁，一字一字，鑿壁借光，懸樑刺股。據我所知，到現在還有很多英文老師經常鼓勵（或強迫）同學「背字典」，彷彿只有藉由這種方式，英文才能進步，字彙能力才能增加。

我在此要鄭重駁斥這種不論是非、拿起英文字典從 A 到 Z 死K、卻還沾沾自喜的行為！因為單字量的增加，只有在這個單字對你「有意義」的前提下，才可能記得牢、記得久。一個字若是在脫離上下文及情境（context）的情況下強記死背，只可能在幾天後、或不常使用它的情況下自然遺忘。這是為什麼許多嘗試背字典的同學常常抱怨「背越多，忘越多，背越快，忘越快」。

再者，天天抱著一本既乏味又無聊的字典苦讀苦背，裡面既無引人入勝的情節、亦無令人精神為之一振的圖片，有的只是一個接一個單獨存在、毫無關聯的生字，相信大多數的人也都會受不了這種荼毒吧！

你或許會問：那何謂「有意義」的單字呢？老實說，一個單字對你而言可能有意義，對路人甲或許就沒有意義。為什麼呢？因為每一個人會有自己生活上、課業上、或工作上必須用到的單字，因此對每個人而言，「有意義」的單字就是那些常常會遇到、也必須熟記的單字。

舉例來說，一個醫生因業務上的需要，必須熟記一些艱深古怪的英文醫學名詞，故他無論如何必須想辦法記住那些單字，而他因為從唸醫學院的時代就常常接觸相關的原文書，書中也充斥著這些

醫學名詞，他要不記住這些怪字也難。之後他開業行醫，一天到晚用到、寫到這些字，自然而然就不會忘記該如何拼寫這些字。但這些對醫生「有意義」的醫學名詞，對不學醫的你可能沒有多大的意義，因此你只需對這些字有點印象、或甚至完全無印象，遇到時再查字典就行了，不需死記。

我高中時超迷西洋搖滾樂，為了弄懂心儀的歌手到底在唱些什麼，曾經想盡辦法猜單字、問老師、查字典…，那種費盡心思、終於知道某個單字的經驗，至今想來仍覺莞爾，但也正因為這種對一件事物的喜愛與迷戀，讓「英文」從此對我產生「意義」。它不再是一個遙不可及的語言：它搖身一變，成為幫助我了解英文歌曲及英語系國家的手段。

而信不信由你，英語一旦超越它只是一種艱澀的「外語」的界線，便變的和藹可親起來。當記單字不再是一件「不可避免的惡」，而是你興趣與成就感的來源，它便變得有趣起來！

因此，你若真想增進英文字彙的能力，便應該依照自己的「興趣」或「專業」廣泛的閱讀。閱讀的東西累積到一定的量，你便會自然而然「發現」有些字一直反覆出現，這些反覆出現而你又不甚了解的字，才是你真正需要去記憶的單字。當你去記憶得來不易的單字時，也才能對這些字產生感情。這樣情況下所記憶的字，再加上有效的單字學習法（請參考本書上冊第一章），單字才能記得長長久久。

　　很多台灣同學上英文課時有個習慣，那就是要把字典或翻譯機擺在桌上或手摸得到的地方。遇到這種情形，我總會問同學：如果你看中文不查字典，看英文幹嘛查字典？同樣是閱讀，只是語言不同罷了，為什麼要因為語言不同而改變閱讀方法呢？

　　其實，「閱讀時頻查字典」有兩個很大的壞處。第一，閱讀時查字典，你閱讀的思緒常常會因為查字典（或翻譯機）的動作而被打斷。通常等到你查完字義，回到文章本身時，已經忘了兩分鐘前到底唸了些什麼東東，只好再從頭念起，多浪費時間啊！第二，除非你有很好的英文基礎，不然一翻開字典，一個字通常有兩個、甚至數個解釋，這時你可能要花很久的時間才能決定到底哪個解釋才符合文章的意思，有時甚至還會完全搞錯意思！

　　不過，字典當然有用，但字典叫做「工具書」，不是「教科書」，也不是「世界名著」，不需要背、也不需要時時刻刻放在書桌上裝用功，最好把它藏在床底下或扔到屋頂上，非到受不了，不要隨便拿出來查，但是一旦查了，就要強迫自己無論如何要將這個字牢牢記住。

　　我認為，閱讀時對付英文生字最大的利器不是拼命字典，而是善加利用各種方法與線索去「猜字」。你千萬不要怕「猜字」或「猜錯字」，也千萬不要因為沒有在第一時間查字典而後悔，因為如果你不管三七二十一、一見生字就查，你會把這個字的意思當成「理所

當然」，但是沒有經過痛苦的學習，它的效果不見得長久，「人是從錯誤中學習的動物」，從錯誤中學到的單字，會令你沒齒難忘！

　　當然，如果你不喜歡英文，也很少閱讀英文文章，一開始閱讀時一定會有很大的挫折感。這時你便要從英文文章的「基本結構」開始下手，並且選擇自己有興趣且「適合自己程度」的文章（亦即不至於讓你信心全失的文章啦）！

迷思④ 學英文一定要熟背文法

　　對許多人而言，英文最令他們頭痛的地方就是文法了。

　　不可否認，文法在英文中佔有重要的地位，尤其是「閱讀」與「寫作」。閱讀時，若你不知道一個字的主詞、動詞為何，便很可能會誤判這個句子的原意；寫作時，若你不知道一個句子只能有一個主詞、一個主要動詞，則造出來的句子可能令人迷惑、不知所云。但「文法」並不是英文的全部、也不應該是英文的全部。為什麼呢？

　　英文文法何其多，其中的「例外」又更多，真的很令人心生恐懼！我國中、高中時，在老師的教導下，也背了不知多少則文法，但就如同大部分同學一般，對文法仍是懵懵懂懂，一知半解。上了大學情況更糟，因為唸的是中文系，有一段長時間沒有「努力」學英文，對英文文法更是害怕。那時候在校外結識了幾個外國友人，迫於現實必須用英語與他們交談。剛開始時我因為非常怕講錯話，

因此總是結結巴巴，一句話要在腦筋裡轉好幾轉才能擠出來。有一天，一個外國朋友終於受不了了：「玟君，英文並不是只有文法！妳的發音很好，講話時表情也很生動，就算妳用錯幾個動詞時態或幾個片語，並不會妨礙我們了解妳在講什麼，所以可不可以請妳以後不要太在意文法，畢竟語言是拿來溝通的，不是拿來陷害別人的！」

在我恍然大悟自己受文法的毒害有多深後，便下定決心，再也不要自限於文法的框框，喪失自己表詞達意的機會。我找出文法中的幾個超級大項（包括「假設語氣」、「時態」等），將「大原則」搞懂、不理會繁瑣易混淆的文法細節，然後根據「大原則」自行造了幾個我自己以為很酷也記得牢的句子，沒事時便反覆背誦，並尋找機會用在日常生活中。

有一天，一個同學拿了一個她在英文書裡看到的長達四十多字的句子來問我，說因為句子太長，搞不懂句子到底在講什麼。我唸了一遍句子，便把整句話的大意告訴她。她嚇了一跳，問我是如何做到的，我說我不知道，只是自然而然就知道。她便指著句中的 when，問我到底是「關係代名詞」還是「時間副詞」？某個加了 -in 的字到底是「動名詞」還是「現在分詞」？我愣了一下，告訴她我已經很久沒「思索」過這些東西了，實在搞不清「關係代名詞」與「時間副詞」，以及「動名詞」和「現在分詞」的差別，但我因為讀過許多類似結構的句子，自己也常常造相仿的句子，所以很確信這個句子就是這個意思。她瞪著我，搖搖頭，嘟囔了幾句走開了。

而我卻興奮得從椅子上跳起來！因為那一刻我發現自己已跳脫文法的窠臼，開始「駕馭」它了。

幾個星期後，正當自己還沉浸在「勝利」的喜悅，我的腦子裡有一個更大的聲音迴響著：英文句子只有一個主要主詞、一個主要動詞，其他的都是廢話！

「英文句子只有一個主要主詞、一個主要動詞，其他的都是廢話！」多麼簡單的一句話，卻代表了英文文法最精華的所在。所有的形容詞、副詞、介系詞…等，都是為了那個主詞與動詞而存在！了解了這一點，我豁然開朗，多年來被繁瑣的文法規則桎梏的心靈，從此獲得解放（關於這個重要概念，我在本書上、下冊都有十分清楚的闡釋）。

自此而後我開始用一種「宏觀」的角度看待英文，不再執著計較那些小小的文法規則；相反的，在「聽」與「說」上，我全力模仿外國友人講話的模式、專注聆聽與比較（「模仿」在學習語言上是非常重要的一項技巧）。

在「閱讀」上，我不再將句子拆得支離破碎，因為這樣會大大打破我閱讀的樂趣。我只要求自己了解大部分的文意，並且可以快速閱讀。因為快速閱讀，我得以看更多的文章，一再加強不同句型在腦海中的印象。

等到一旦要「寫作」時，平常閱讀時不知不覺記住的句型，就自然而然在筆間流洩而出。有時候我看到自己寫作時用的字及片語，反而還會嚇一跳，想不出自己到底是從哪裡學來的！寫作結束

前，我會針對不太熟悉以及平時較少用的文法細則與片語用等翻閱文法書（此時就是我的文法書派上用場的時候），最後再用我的「一千零一條文法」規則（即「一個英文句子只有一個主要主詞、一個主要動詞」）一一做檢視，如此就大功告成了。

學英文，除了要有「恆心毅力」，最重要的，還需有「冒險犯難」的精神。別忘了，語言的目的真的只是「溝通」而已，試問：你寧可在腦裡反覆思索半天，好不容易才擠出一個文法完全正確的句子，還是願意暫時忘卻文法的束縛，大大方方用你所知的英文書寫或與人流利的交談？不騙你，當你練習英文的機會越來越多，英文程度越來越好時，你會發現自己無論在文法的細節上、或是在片語、慣用語等的用字遣詞上，都會不知不覺的進步哦！

迷思❺ 要學標準英語（發音），一定要找沒口音的老外學

我在大學教「英語會話」、「英語口語練習」的課時，常會要求學生做課堂討論與即席報告，並要他們下課後私下找同組的同學練習英語對話。每當我發現有些同學彼此用英文討論或交談時態度並不是十分積極，便會問他們何故。大家的答案都差不多：「同學們的英語能力都差不多，發音也不好，這樣彼此練習有用嗎？」、「英文會話要進步，應該找老外來練習才對呀！」、「要練習發音，聽錄音帶練習不是比較可以容易學得標準嗎？」⋯

聽起來蠻有道理的，不是嗎？至於我堅持要同學彼此練習的理由到底是什麼？

第一，在台灣，雖然學好英語是共識，但平心而論，整個社會並沒有提供一個有利於學習英語的大環境。在這樣的條件下，有心將英語學好的同學便要自己「創造」、而不是「被動」的等待別人提供一個全英語的環境。如果你能夠與說英語的人士交談，當然最好，但坦白講這樣的機會並非人人都有，而且很多外籍人士並不喜歡台灣人不顧一切要與之用英文交談的心態，認為有被「利用」的嫌疑。況且很多時候，如果同學本身的口語能力不是很好，也可能造成與外籍人士談話不搭軋、甚或產生溝通失敗的情況。

另外，藉由電影、錄音帶、DVD、電視、廣播或其他管道增加接觸英文的機會當然很好，但這些東西常有地點、時間的限制。所以對一般同學而言，最好的練習英語口語方式，其實是找一、兩位志同道合、程度差不多的同學，在日常生活中無時無刻用英語交談練習。為什麼呢？因為同學程度差不多，可以互相激勵學習，不會有一方感到無聊，而且同學間如果有一位同學程度稍佳、講出某個較難的字彙或句型，通常也可以激起其他同學「見賢思齊」的決心，養成良性競爭，若遇到彼此都不知如何表達的英語方式，便可以先記下來再請教別人。

第二，其實所謂「標準英語」（standard English）或「沒有口音的英語」（accent-less English），嚴格說起來並不存在，因為就算真有「標準英語」，其本身的「標準」口音亦是一種口音；況且至

今為止誰也無法決定到底何人的標準方為「標準」！

　　對台灣人來說，美國人的英語或許屬於standard English，也是「沒有口音」的英語；但對英國人而言，其英語才是道地且正確的英語。反過來說，很多美國人常愛開英國人的玩笑，認為他們有嚴重的「英國腔」（British accent）。

　　就算在美國境內，特色鮮明的「紐約腔」、「加州腔」、「德州腔」等，更證明即便在美國境內，南腔北調的情形依舊十分普遍。

　　至於大家常在電影中聽到的 Ebonics 或 Black English（黑人美語），並非只是「鄙俗」、「不合文法」的美語；它形成的背後其實還富含了深刻的歷史、政治、文化因素，可追溯至其祖先數世紀前被販賣至美洲，成為黑奴開始。事實上，至今很多在美國黑人還刻意保有許多台灣同學聽來「怪腔怪調」的黑人英語，用以突顯他們對自己種族、文化的認同呢！

　　所以說，如何界定或判斷一個人講的英語是「標準」或「沒有口音」，其實是很困難的事；如果因他人不一樣的口音而去「歧視」別人，那更是萬萬不該，因為，換一個語言來看，如果你因為自己的「標準國語」而去歧視其他講「台灣國語」（例如將「吃飯」說成「粗喚」）的人，別忘了你也可能因為「不標準」的國語而被「對岸」的人歧視哦！

　　最後我要強調的是，在這個已經全球化的時代，身為國際人的你，不可抱持「要學英語發音就要學標準英語發音」的心態，因為不管接不接受，你會發現你要面對的「外國人」將不只是美國人，

還有來自世界各地的人。你的客戶可能講著印度腔英語、日本腔英語、法國腔英語…等等，難道你要拒絕與之交談或「要求」他們講你在英語練習錄音帶中聽到的「標準英文」嗎？

迷思 ⑥ 一個人如果沒有從小學英語，以後就算再努力，英文能力都不可能太好

台灣坊間的兒童美語補習班在招攬生意時，都會打出「不要讓你的孩子輸在起跑點」之類的口號，文宣中也常出現類似「迷思六」這樣的文字，彷彿在恐嚇最捨得花錢在小孩身上的台灣父母：如果你不儘早讓你的小孩補英文，他就會「前途無亮」，一輩子毀在你手裡！難怪不管經濟多麼不景氣、百業如何蕭條，兒童美語補習班、雙語／全美語幼稚園仍欣欣向榮，大賺其錢。

可是，兒童美語在台灣興盛了十多年，這些從三歲就開始學美語的小朋友，到底是不是個個都如補習班所說的，成為美語小天才？而那些當年被父母抓去南陽街英語補習班補得天昏地暗的青少年，現在是不是個個英文聒聒叫呢？

那麼，到底是怎樣的一種心態，逼得那麼多的家長不顧一切也要剝奪孩子的童年，將他們送進美語的牢籠呢？

根據國外許多學者的研究，在孩子小時候進行雙語教育（bilingual education）雖然很好，但小孩子母語的發展遠比第二外語重要，因為小孩在學第二外語時，之前在母語中所學得的概念可以大

大幫助他們有效的轉換為第二外語中相對應的概念；而且孩子就學後，根據母語所建立的智識及課業發展，也可以當做學習第二外語的重要基礎。另有一些研究指出，小孩母語發展的程度是其第二外語發展的重要指標，亦即如果母語程度較高，通常第二外語的成績也會較好。

老實說，要小孩子越早學英語越好的想法或說法，國內或國外的研究眾說紛紜。而且台灣的一些研究也顯示，小孩子如果在幼稚園學英語、但進入小學後沒有繼續學的話，英文程度將只停留在原先的程度，甚至退步。

再者，台灣所謂的雙語幼稚園，絕大多數只是聘請會講美語、不懂兒童學習理論的教師帶領學童成天唱唱跳跳、玩遊戲。這些活動對於孩童全面美語能力的提升並沒有多大的幫助。如果孩童本身的智能還在剛發展的階段，認知架構發展很有限，在這個階段學美語，充其量只是將孩子教育成一隻隻學話的鸚鵡。這也是為什麼有些在美語補習班很久的小朋友，會說出發音極漂亮、乍聽之下很不錯的簡單句子，但如果要稍微深入與之交談，他們就會完全無法應對。同樣的，這些小朋友平時欠缺讀、寫英文的機會，一旦進入中學，面對除了「會話式英文」（conversational English）以外的國中「課業英文」（academic English）、便會出現成績一下子倒退許多的情形。

「儘早學英語」這個迷思其實也讓許多過了「青春期」的人得到一個好藉口：「反正我如果沒有從小學好英語，以後就算再如何努力也不可能把英文學好，乾脆放棄算了！」但是過了一定年紀的人，真的就再也學不會英語嗎？非也！

根據第二語學習理論，「大人」與「小孩」在學習第二語時，有以下的差別：

　　第一，小孩因為發聲器官尚未發展成熟，故較有可塑性，通常經過教導後能夠發出母語之外的音；相對的，大人因已過青春期，發聲器官發展成熟，很難再做改變（例如一個人的母語若無捲舌音，碰到第二語的捲舌音，舌頭便很難捲起發音。這是為什麼英語的 r 對日本人來說通常很難，而 th 的 /θ/、/ð/ 對台灣學生來說也是困難重重）。這也是為什麼如果小孩子在青春期學會第二語的發音，將來可以講出如「母語」般發音的第二語，而成年人卻很難的原因。

　　第二，小孩子因為通常比較不怕犯錯，因此較勇於練習第二外語。這種特性會幫助他們進步神速；反之，大人因有較強的「自我」（ego），也較敏感故，無形中也減低許多練習的機會。

　　第三， 成人雖然在發音上比不過孩童，但因為有高於孩童的智能、分析、思辨能力，以及良好的母語認知，因此對於需要較高「思考層次」的外語活動（例如：寫作、閱讀、文法結構、辯論等）有較好的掌控。另外，憑著良好的學習策略，一個成年人就算很晚才接觸第二語，也可以憑藉其心智的成熟度以及努力不懈的精神，將第二語學到臻至完美的境界（除了「發音」），這樣的例中外比比皆是！

　　所以說，學好英文永遠不嫌晚。親愛的你還在等什麼呢？

●C O N T E N T S

English Wonderland 英語歡樂園——
You Know You've Been in Taiwan Too Long When ... **027**

Chapter 1

進階句型

一個句子只有一個主要主詞、一個主要動詞，
其餘都是廢話 ⋯⋯⋯⋯⋯⋯⋯⋯⋯ **033**

惹人厭的介系詞片語 ⋯⋯⋯⋯⋯⋯⋯⋯ **036**

進階句子解析技巧大公開 ⋯⋯⋯⋯⋯⋯ **043**

英文補給站 **073**
Freedom Fries & Freedom Toast

English Wonderland 英語歡樂園——
One, Two, Three, Four, Five   *077*

Chapter *2*

閱讀

閱讀時遇到不懂的單字，是不是一定要查字典？ *080*

勇敢拋棄字典 ·· *085*

尋找「有趣的 *i*+1」讀物 ······························· *086*

猜你千遍也不厭倦 ··· *093*

文章的基本結構 ··· *103*

導論 ·· *105*

內文 ·· *113*

結論 ·· *123*

要怎麼收穫、便那麼栽 ⋯⋯⋯⋯⋯⋯⋯⋯ *129*

英文補給站
Six Degrees of Separation *133*

English Wonderland 英語歡樂園──
Female Comeback *135*

Chapter 3

寫作

寫作的三大最高指導原則 ⋯⋯⋯⋯⋯⋯⋯⋯ *142*

寫作的五大步驟 ⋯⋯⋯⋯⋯⋯⋯⋯⋯⋯⋯ *151*

第一步、寫作前的活動 ⋯⋯⋯⋯⋯⋯⋯ *153*

第二步、計畫及組織──列大綱 ⋯⋯⋯ *159*

第三步、正式寫作 ⋯⋯⋯⋯⋯⋯⋯⋯⋯ *170*

第四步、修訂與校正 …………………………… *193*

第五步、定稿 ………………………………… *216*

英文補給站
酒後不亂性 *219*

English Wonderland 英語歡樂園——
"Left" & "Right" *222*

附錄一 句型閱讀教戰手冊 …………………… *224*

附錄二 學語言，也學文化！ ………………… *250*

◇ English Wonderland 英語歡樂園 ◇

You Know You've Been in Taiwan Too Long When...

1. You turn left from the right lane.

2. 30℃ feels cold.

3. "Squid" sounds better than "Steak."

4. Looking at a dog makes you hungry.

5. You consider the road's shoulder to be a "bonus" lane for drivers.

6. You keep a thermos of hot water available at all times.

7. You use grocery bags to hold garbage.

8. You fight over who pays the dinner bill.

9. You use your umbrella even when it's not raining.

10. You heat up your milk in the microwave every morning.

11. You don't mind when your date picks his/her nose in public.

12. You wear out your car's horn before the brakes are worn.

13. Chinese remakes of Western songs sound better than the

originals.

14. You slow down and look both ways before driving through red lights.

15. You see 3 people on a scooter and figure there's room for 2 more.

　　很多人常問我：「妳的英文呱呱叫、在美國又待了這些年，為什麼還是決定回來台灣這個又髒又亂的地方？」說起來或許矯情，不過待在美國風光旖旎、安靜沉緩的中西部小鎮多年，我夢中的台灣總是五彩繽紛、歡欣鼓舞；最懷念台灣的，也是那人馬雜沓、人聲鼎沸的台灣夜市。

　　大家都知道，台灣的夏天很熱、交通混亂、有些地方的確又髒又亂；但是台灣也是個人情味濃厚、人民勤奮、「混亂中見秩序，傳統中見現代」的好地方。我在台灣認識的外籍人士，對台灣有認同感的，也都與我一樣，愛極了「她」的擁擠喧鬧、五光十色、甚至人與人之間的摩肩擦踵，因為在這片土地上，「生活」的感覺更實在、「快樂」的感受也更理直氣壯！

　　這篇戲謔的排行榜就是外籍人士私下流傳對「寶島」的觀感。在台灣住久了，「阿兜仔」很難不被熱情的台灣同胞同化，也因此，行為舉止有時比「台客」還

更「台客」…

1. 開車時，你從右線道直接左轉。

   這很正常啊！

2. 攝氏 30 度還嫌冷。

   這算什麼，我們大熱天還吃火鍋呢！

3. 「魷魚」聽起來比「牛排」還好吃。

   阿鬥仔是真的很怕吃有「嚼勁」的東西（如花枝、
   魷魚絲等），不過說「魷魚」比「牛排」還好吃，還
   真有點誇張！

4. 看到狗會讓你肚子餓。

   那有什麼稀奇，我們台灣人看到水族箱裡的金魚，
   還會討論該用「清蒸」還是「紅燒」的呢！

5. 你認為高速公路上的「路肩」是多出來的「好康」車
   道。

   對呀，飆車最適合了！

6. 你無時無刻帶著一罐熱水瓶。

   我們台灣人重養生，不隨便喝冰水，怎樣，嫉妒
   嗎？

7. 你用雜貨店的紅白塑膠袋裝垃圾。

   我們勤儉持家、能省就省，哪像你們阿鬥仔，裝垃
   圾還要浪費資源用超大塑膠袋！

8. 你與朋友去餐廳吃飯，連付個帳都要爭來爭去。

我們就是慷慨、大方、愛請客，不行嗎？

9. 你沒下雨也撐傘。

這就是為什麼我們台灣女生每個都水噹噹、而且都沒有皮膚癌的原因！

10. 你每天早上都會將牛奶加熱。

我們是文明人，不像你們習慣茹毛飲血、生吃食物，okay？

11. 你不介意你的伴當眾挖鼻孔。

連大美女蕭薔都這麼做了，我們還忌諱什麼？

12. 你車子的喇叭比煞車帶更快損毀。

車子裝喇叭不用來按，難道是用來看嗎？

13. 西洋翻唱的中文歌曲，聽起來比西洋原唱更好聽。

彼此彼此，你們不是也翻拍了我們的「無間道」嗎？

14. 你闖紅燈時會先放慢車速、左右觀察。

廢話，難道要閉著眼睛去撞躲在路邊的交通警察嗎？

15. 你看到一輛機車上坐了三個人，認為其實還可以擠下兩個人。

恭喜阿鬥仔，你住久了，真的越來越有台灣人的智慧了！

進階句型

- 英文到底有幾種句型？

- 什麼是「關係代名詞」？「從屬子句」？「形容詞片語」？

- 英文句子好長，怎樣才可以看懂？

- 為什麼英文句子的每個字都認得，整句合起來就是看不懂？

- 為什麼句子中有那麼多名詞、動詞？到底哪個是真的主詞？哪個是真的動詞？

在這本書的上冊，也就是《用英文不用學英文——聽說、單字、基礎句型篇》裡，我們已提到一些許多英文句子的基本結構，包括「簡單句」（Simple Sentence）、「合句」（Compound Sentence）、「複句」（Complex Sentence）、及「複合句」（Compound Complex Sentence）。

我們也說到，「英文句子」與「中文句子」基本上是兩種截然不同的東西，而要了解中英文句子的不同，必須從**東、西方的思維**著手。根據陳定安教授（2000）的看法，中國人重視個人的感受及「心領神會」，反映在中文上，便重「意合」，動詞多，連接詞少，不怕重複，一句話可以無限延伸，直到語氣的完結點。

相反的，西方則重形式論證，重理性分析，反映在英文上便重「形合」，所以由「抽象名詞」當主詞的機會多，被動式也用的多，連接詞、介系詞用的更多。在這種情況下，英文文法要求嚴格、結構緊湊而嚴密，句子的**主幹**十分突出。所謂的「主幹」，便是「主詞」與「動詞」，**而且一個英文句子只可以有一個「主詞」、一個「動詞」。**

你或許會問，可是如果我們在一個句子中，要表達許多動

詞的意義，該怎麼辦？其實英語要表達複雜的意思時，通常在一開始便將「主詞」、「動詞」清楚點出來，然後利用介系詞、連接詞⋯等，將不同的「名詞子句」、「形容詞子句」、或「副詞子句」一一搭架起來，往下發展，一個接著一個，既有條理又合邏輯。

而且因為一個句子中的「主要動詞」十分重要，句子的主要意思一定要緊扣著這個動詞，而句子其他**具有動詞意義**的字，只好利用「非限定動詞」改變而來的**不定詞**、**過去分詞**、**現在分詞**、**動名詞**，以及其它如**介系詞**、**形容詞子句**⋯等成分，來加以表達。

一個句子只有一個主要主詞、一個主要動詞，其餘都是廢話

因此我們可以說，只要抓住了英文句子的「主詞」與「動詞」，我們便抓住了英文句子的重點；其他不同字詞的存在，不過是為了要豐富「主詞」與「動詞」罷了。

所以，英文句子不像中文，可以東寫寫、西寫寫、一直

寫、拼命寫、寫到高興手軟再打句號。英文句子的句號與句號間，只能有一個主詞、一個動詞！

這也是為什麼我在上冊書中一再提到，英文文法追根究柢只有一條：「一個句子只有一個主要主詞、一個主要動詞，其餘的都是廢話」。應用在閱讀上，你只要能找出一個句子的「主詞」與「動詞」，便能瞭解這個句子大部分的意義。

問題就出在，英文不像中文，在中文裡，「主詞」與「動詞」既短小又輕便，相隔也不遠，因此很容易可以「揪出」它們。相反的，英文句子的「主詞」很多時候不只一個字，而且它與「動詞」常常沒有連在一起、甚至中間還隔著一大堆亂七八糟的東西，這些東西不但讓你搞不清楚主、動詞為何，還會阻礙你對句義的瞭解，真是罪大惡極！因此要瞭解句子，**去蕪存菁**是很重要的功夫。

那麼這個「去蕪存菁」的「蕪」是什麼？「菁」是什麼？「蕪」者，「介系詞片與」、「形容詞子句」、「副詞子句」等混淆視聽的東西是也！「菁」呢，便是「主要主詞」及「主要動詞」囉！

或許你會問：閱讀時不就是一個字接著一個字唸嗎？為什

麼要那麼麻煩地找出主詞與動詞？其實，找主、動詞的好處除了讓你可以輕易的瞭解句子的「中心思想」、另一個大大的好處便是可以節省時間、增加閱讀速度。為什麼呢？因為你如果只唸一句話的「主詞」、「動詞」，省略其他枝節，一篇文章所省下來的時間一定很可觀，閱讀速度自然增加；況且如果只唸「主詞」、「動詞」，字數少，也較不會因此分心，你說是不是？

你有沒有這種經驗，有時候你唸一個長句，從句子第一個字按部就班唸到句子最後一個字，但不知怎地，唸著唸著，思緒就神遊他方，再也不知自己前一秒鐘到底唸了什麼？如果有這種問題，那大概是因為你沒有用到這章所講的句子分析法。聰明而有效的唸句子法，並不是從第一個字唸到最後一個字的「線性閱讀」，而是「跳躍式的閱讀」：先快速找出「主詞」、「動詞」，掌握大致的句意，然後將修飾它們的子句、片語一群一群獨立起來，決定哪些資訊可以幫你更加了解句子。如果判斷某個子句或片語不太重要，便要跳過它們，以免浪費時間，也浪費腦力。

惹人厭的介系詞片語

　　英文句子裡最常存在的「蕪」，就是惹人厭的「介系詞」、以及由介系詞領導的「介系詞片語」了！它們在句子裡無孔不入、無所不在，而且多當「形容詞」或「副詞」用，以下是一些常見的介系詞及其領導的片語，你可以在閱讀到這些片語時將之**圈起**、**劃掉**，以便去蕪存菁。

介系詞：

about	below	for
above	beneath	from
across	beside	in
after	besides	inside
against	between	into
along	beyond	like
around	by	near
at	down	of
before	during	off
behind	except	on
out	toward	in addition to

outside	under	in back of
over	until	in front of
since	up	in place of
through	with	next to
throughout	without	out of
till	according to	......
to	because of	

介系詞所引導的片語（斜體字為介系詞）：

- *before* the sunset
- *on* Christmas Eve
- *in* the afternoon
- *at* school
- *on* the table
- *against* the wall
- （the owner）*of* the gas station
- （the man）*with* gray hair
- （the lady）*in* the red dress
- （the second drawer）*from* the top
- *next* to the door
- *under* the window

- *inside* the box
- *along* the river
- *across* the street
- *during* the holidays
- *in front of* the tree
- *to* the supermarket
- *opposite* the door
- *in* my apartment
- *near* the park
- *between* the two houses
- *around* the corner
- ......

類似上面所舉的介系詞片語還有很多很多，你不妨在下次遇到難句時，利用「刪除介系詞片語」的方法幫助你找出「主詞」與「動詞」！

　　你或許會問，為什麼英文裡要有這些做「形容詞」及「副詞」的介系詞片語呢？事實上，這與中文、英文的句子結構有關。

　　在中文裡，「形容詞」幾乎全放在要修飾的「名詞」前，讓人一目了然，舉例來說：「一個穿漂亮紅衣服的女生」，這裡的「漂亮」、「紅衣服」都是形容詞，用來形容名詞「女生」，且都擺在名詞前。

　　英文則不同了。英文裡，如果「形容詞」很短，只有一、二個字，則「形容詞」的確會放在「名詞」前，如：a beautiful girl（一個美麗的女孩）、a red dress（一件紅衣服），但如果「形容詞」過長時，則會放在要修飾的「名詞」的後面。如：

- a girl （who wears a beautiful red dress）
  （一個穿漂亮紅衣服的女生）

- a girl （wearing a beautiful red dress）
  （一個穿漂亮紅衣服的女生）

- a girl （with a beautiful red dress）
（一個穿漂亮紅衣服的女生）

- a girl （in red）
（一個穿紅衣服的女生）

因此，英文裡一旦遇到較長的形容詞，就必須以不同的形式將各式各樣的「形容詞」表現出來。例如上面的 a girl who wears a beautiful red dress，用的就是 who 這個關係代名詞引導的「形容詞子句」（做形容詞用）；而 a girl wearing a beautiful red dress，用的就是「V-ing」的「形容詞片語」（同樣做形容詞用）；至於 a girl with a beautiful red dress，用的便是由介系詞 with 所領導的「介系詞片語」（也做形容詞用），而最後一種寫法，a girl in red，也是由介系詞 in 所領導的「介系詞片語」（當然做形容詞用）。而且這些例子的形容詞，全部放在名詞 a girl 的後面！

講完了「蕪」，讓我們進入「菁」：「主詞」與「動詞」。若主、動詞真的如此重要，我們是否可以只看主詞、動詞，就猜測出一句話的意思？你現在試著把下面這 16 個句子的主

詞、動詞找出來，並猜測句子大略的意思，當然，別忘了拿隻筆去蕪存菁哦：

唉呀，今天列在這裡的十幾個句子個個都是十分艱深的。對廣大台灣民眾而言（包括英文老師），看不懂是正常、看得懂才是不正常呢！所以當你稍有看不懂時，千萬要有求知的精神，耐心地找出每個句子的主、動詞，完成後再看後面的解析哦！

1. A top-ranking Taiwanese official, who was born and grew up in Tai-nan and received a Ph.D. from the United States, has secretly embezzled seventy million dollars, the Government announced this morning.

2. A pile of ancient treasure, including a priceless gold watch, has been found in a remote field near Nan-Tao County.

3. A new theory that 5 and not 3 shots may have been fired when the bank clerk was killed is being studied in an attempt to show that the killer did not act alone.

4. Apparently succumbing to his wife's pressure, Andre decided to quit his current high paying job and move to anther city despite the fact that he could not afford to support his entire family without the income.

5. An earthquake rocked Southern Taiwan early today, hurling huge boulders onto highways, causing landslides, and toppling houses.

6. A typhoon which dumped more than four inches of rain in Taipei yesterday moved into Yi-Lan earlier today, scaring residents with flash floods and strong winds.

7. Watched by hundreds of tourists, the 30-year-old magician Jerry Cheng escaped from a fish tank full of water in an outdoor theater Saturday by unlocking himself from a series of steel chains tied up around him.

8. Astonishing dresses, perfect makeup, priceless diamonds and pearls are the usual theme for Hollywood female stars when they attend the Oscar Award ceremony.

9. In what may be the start of Israel's reconciliation with the Arab world, Israel recently sent a secret delegation to Palestine to negotiate after its latest conflict with Palestine.

10. A French woman attempting to cross the Pacific Ocean in a boat radioed yesterday that she has passed the halfway point.

11. A Chinese magazine published last week in Hong Kong stated that two popular soap opera stars were dating secretly in a remote island near Bali.

12. Braving minefields and patrol officers along the border, a large number of refugees are fleeing political oppression and economic depression in several African countries.

13. Angry because he was not given permission from the city council to perform in front of the City Hall in Tai-nan, the musician decided to move his concert to a nearby public park.

14. The father of two daughters who disappeared last Tuesday after a school field trip to the Taipei Zoo has appealed to the mayor for help in searching for his daughters.

15. While his wife sat by his side, a 72-year-old man died here Tuesday night after a long suffering of heart disease and diabetes.

16. Singer Janice Liang, depressed by money problems and a break with her fiance, tried to commit suicide twice within a week, her agent admitted in public yesterday.

進階句子解析技巧大公開

哇，看完這十多個句子，你是否已經頭昏腦脹、汗流浹背？不急，讓我們靜下心來分析這些又臭又長的難句：

例句一：

A top-ranking Taiwanese <u>official</u>, who was born and grew up in Tai-nan and received a Ph.D. from the United States, <u>has</u> secretly embezzled seventy million dollars, the Government announced this morning.

這個句子的「主詞」是 official（官員）、「動詞」是 has embezzled（已盜用公款），你找出來了嗎？既然主詞與動詞都知道了，那麼這句話的大略意思就可以猜出來：**「有一個官員盜用公款」**。

如果你對這個句子的了解可以到達這個地步，我要恭喜你，因為你已經可以掌握這句子的「中心思想」了！至於這句子其他那些枝枝節節到底是什麼東東？別害怕，這些枝節只是要提供你更多有關「一個官員盜用公款」這件事的背景資訊，你就算不了解它，光從主、動詞中應也可以將句意猜個七八成，這也是我一再強調的：主詞、動詞是句子的靈魂，你無論如何必須將它們找出來！

圖解：

{ （A top-ranking）（Taiwanese） official, （who was born
　　　　　　　　　　　　　　　　　　　　S₁　　　　　　①

and grew up in Tai-Nan and received a Ph.D. from the United
　　②　　　　　　　　　　　　　　　③

States), has （secretly） embezzled seventy million dollars},
　　　　　　　　　　　　V₁

the Government announced this morning.

　　政府今早宣布，一個台南土生土長、在美國取得博士學位的台籍高級官員，秘密盜用七千萬公款。

　　從圖解可以明白，在這個句子中，a top-ranking 與 Taiwanese 是用來形容主詞「官員」的身分地位及國籍，而兩個「逗號」中間的 who was born and grew up in Tai-Nan and received a Ph.D. from the United States 是「形容詞子句」，也是用來修飾主詞「官員」的同位語，告訴我們這「官員」是台南人、在台南長大、在美國取得博士學位；「逗號」後的副詞 secretly 則是用來形容動詞「盜用公款」是「偷偷摸摸」的；而最後一個「逗號」後的 the Government announced this morning 則是用來修飾全句，告訴我們上面的資訊是從何而來。

　　經過這樣的分析，我們再次印證，句子中的枝節真的只是提供你**更多**有關「主詞」與「動詞」的背景資訊；但就算沒有這些資訊，我們也可以大致了解這個長句的意——多虧句子的主詞與動詞！

例句二：

A pile of ancient <u>treasure</u>, including a priceless gold watch, <u>has been found</u> in a remote field near Nan-Tao County.

　　這個句子的「主詞」是 treasure（寶藏）、「動詞」是 has been found（已被發現）。如例句一，既然主詞與動詞都知道了，那麼這句話的大略意思就可以猜出來：「**寶藏被發現**」！至於「主詞」treasure 前面的 A pile of ancient（一堆古代的…）及之後用「逗號」隔開的 including a priceless gold watch（包含一個價值連城的金錶），都是用來闡明主詞、讓主詞更加清楚生動的「形容詞片語」。而「動詞」has been found 之後的 in a remote field（在一個遙遠的田野）及 near Nan-Tao county（在南投縣附近）都是「地點副詞」，用來告知我們被發現寶藏的所在地。

　　圖解：

（A pile of ancient）<u>treasure</u>,（including a priceless gold
　　　　　　　　　　S₁
watch）, <u>has been found</u>（in a remote field）（near Nan-Tao
　　　　　　　 V₁
county）.

包含一個價值連城的金錶在內的一堆古代寶藏，在南投縣附近一個遙遠的田野中被發現。

例句三：

A new <u>theory</u> that 5 and not 3 shots may have been fired when the bank clerk was killed <u>is being studied</u> in an attempt to show that the killer did not act alone.

　　這個句子的「主詞」是 theory（理論）、「動詞」是 is being studied（被研究）。好，既然主詞與動詞都知道了，那麼這句話的大略意思就可以猜出來：「**有一個理論被研究著**」。至於句子中的 new 是用來形容主詞的「理論」是一個「新的」理論； theory 後面的 that 引導的「名詞子句」一樣也是用來形容主詞「理論」是個怎樣的理論： 5 and not 3 shots may have been fired when the bank clerk was killed（當銀行行員被殺時，五發、而非三發的子彈被發射）。子句中的 when 所引導的子句 when the bank clerk was killed（當銀行行員被殺時）是當形容詞，用來形容「子彈被發射」時的景況。

　　而「動詞」 is being studied（被研究）後面的 in an attempt to（企圖要…）是用來修飾動詞的，意指「這研究的目的是為

了要⋯」，那到底「要」什麼呢？「要」的東西就在後面：show that the killer did not act alone（顯示殺手並非單獨行動——即有共犯）。show 後面由 that 引導的「名詞子句」與前面一樣，是修飾它前面的 show（顯示）。「顯示」什麼呢？就是「顯示」that 後面的 the killer did not act alone。

圖解：

（A new）theory {that 5 and not 3 shots may have been fired
S₁

（when the bank clerk was killed）} is being studied （in an
V₁

attempt to）{ show（that the killer did not act alone）}.

　　有一個新的理論是，案發當時銀行行員被殺，殺手其實發射五發、而非三發的子彈。有人因此研究這個新的理論，企圖顯示當初殺手並非單獨行動。

　　可見得英文句子就是這樣，必須層層抽絲剝繭，將它有系統的分析。我常認為，英文句子就如同一位害羞的少女，你必須解開其層層包裹的神秘面紗（即枝枝節節的「形容詞子句」、「名詞子句」、「副詞片語」、「形容詞片語」等），才可一

窺其閉月羞花的容顏（即「主詞」、「動詞」）。只要你有耐心，按照這一的規則慢慢分析，我相信你總有一天會親睹「顏如玉」，而且閱讀速度大增。

看至此，你對句子的結構是否稍有了解？讓我們繼續看下去，在今天一舉把困擾多年的「看不懂長句」的煩惱一併解決！

例句四：

Apparently succumbing to his wife's pressure, <u>Andre</u> <u>decided</u> to quit his current high paying job and move to anther city despite the fact that he could not afford to support his entire family without the income.

這個句子的「主詞」是一個人（Andre）、「動詞」是 decided（決定要…），所以這句話的大略意思是：「Andre 決定要…」。這個句子有一個好處，那就是主詞與動詞連在一起，不像前幾個例句，主詞、動詞分得那麼開，光找它們就累個半死。但這個句子也不全然善良哦，因為它的主詞與動詞並非出現在「句首」，而是在「句中」，讓人摸不著頭緒。怎樣，夠奸詐吧！

圖解：

（Apparently succumbing to his wife's pressure）, <u>Andre</u>
$\quad$ S₁

<u>decided</u> to { （quit his current high paying job）and （move to
$\quad$ V₁ $\qquad\qquad$ ① $\qquad\qquad$ ②

anther city） } [despite the fact { that he could not afford to

support his entire family（without the income）}].

明顯因為屈服在他太太的壓力下，Andre 決定要辭去
現在的高薪工作，搬到另一個城市，儘管事實上他沒有薪水
後，便無法負擔整個家計。

句首 Apparently succumbing to his wife's pressure 的 his，
指的就是「主詞」Andre，為什麼呢？因為如果我們把這個子
句還原，便可得： Andre apparently succumbed to his wife's
pressure ；與「逗號」後 Andre decided to quit his current high
paying job and move to another city 的主詞是**同一個人**，因此，
我們可以將兩個主詞相同的句子合併成一個句子。要將兩個**主
詞相同**的句子合併成一個句子的方式有幾種，在此利用的是
「**-ing法**」，這種利用「主詞相同」而變化句子的技巧在英文裡
十分常見：

❖ Andre apparently succumbed to his wife's pressure.

❖ Andre decided to quit his current high paying job bad move to another city.

→ Apparently *succumbing* to his wife's pressure, <u>Andre</u>

S₁

  <u>decided</u> to quit his current high paying job and move to

V₁

  another city.

Apparently 在這裡當修飾用的「副詞」，作「顯而易見」解；decided 是這個句子的主要動詞，而接在其後不定詞 to 之後的另兩個動詞 quit（辭職）與 move（搬家）則是次要動詞，藉由 and 這個在上冊「基本句型」講過的「對等連接詞」連接起來，因此我們可以看到 quit 與 move 兩個用的都是「原形」動詞（儘管從本句的主要動詞 decided 是過去式可以得知，這整個句子講的是一件「過去的」事情）。

例句五：

An <u>earthquake</u> <u>rocked</u> Southern Taiwan early today, hurling huge boulders onto highways, causing landslides, and toppling houses.

這個句子的主詞是 earthquake（地震）、動詞是 rocked（搖晃），所以這句話的大略意思是：「**地震搖晃…**」，因為主、動詞後面馬上接著「地點副詞」Southern Taiwan 及「時間副詞」early today，所以很容易知道這句話講的是稍早在台灣發生的地震。至於這個地震對台灣造成什麼影響？這句話後面的三個「現在分詞片語」一一告訴你：(1) hurling huge boulders onto highways、(2) causing landslides、(3) toppling houses.

其實這句話本來是由四句話組成的，分別是：

❖ <u>An earthquake</u> rocked Southern Taiwan early today.

❖ <u>The earthquake</u> hurled huge boulder onto highways.

❖ <u>The earthquake</u> caused landslides.

❖ <u>The earthquake</u> toppled houses.

與**例句四**相同，我們可以利用「**-ing 法**」，將「主詞相同」的句子合併成一個句子：

→An <u>earthquake</u> <u>rocked</u> Southern Taiwan early today, *hurling*
       S_1 V_1

huge boulders onto highways, *causing* landslides, and
toppling houses.

圖解：

> （An <u>earthquake</u> <u>rocked</u>）（Southern Taiwan）（early
>   S₁   V₁
>
> today）,（hurling huge boulders onto highways）, （causing
>   ①   ②
>
> landslides）, and （toppling houses）.
>   ③
>
> 一個地震今早震撼南台灣，導致大石塊撞向高速公路、造成土石流、房屋搖搖欲墜。

例句六：

A <u>typhoon</u> which dumped more than four inches of rain in Taipei yesterday <u>moved</u> into Yi-Lan earlier today, scaring residents with flash floods and strong winds.

這個句子的主詞是 typhoon（颱風）、動詞是 moved（移動），這句話的大略意思是：「**颱風移動到…**」。至於颱風現在到底在何處、詳細情形如何，可以從句子其餘的部分來了解：which 所引導的形容詞子句 which dumped more than four inches of rain in Taipei yesterday 是用來形容主詞 typhoon 的，說這颱風「昨天在台北下超過四英吋的水」。動詞 moved 後所接的 into

Yi-Lan earlier today 是用來告訴讀者這颱風移動後的情形。那麼「逗號」後的那串字是什麼東西？我們試著將其還原：

- ❖ A typhoon moved into Yi-Lan earlier today.
- ❖ The typhoon scared residents with flash floods and strong winds.

→ A <u>typhoon</u> <u>moved</u> into Yi-Lan earlier today, *scaring*
    S_1 V_1

residents with flash floods and strong winds.

經過前幾句的「訓練」，你現在應該可看出，這兩個「主詞相同」的句子可以合而為一；只需把其中一個動詞「去動詞化」，改成現在分詞（加 -ing），使這句子仍舊維持一個主詞、一個動詞就可以了。由此可知，逗號後面由現在分詞 scaring 帶領的構句，是形容「颱風」移動到宜蘭後，會造成的情形。

圖解：

A <u>typhoon</u> （which dumped more than four inches of rain
S_1

in Taipei yesterday）<u>moved</u> into Yi-Lan earlier today, [scaring
　　　　　　　　　V₁

residents { with（<u>flash floods</u>）and（<u>strong winds</u>）}].
　　　　　　　　　　①　　　　　　　　　　　　②

　　昨天在台北傾洩超過四英吋雨量的颱風，今天稍早轉移

到宜蘭，當地居民可能遭遇瞬間水災及強風。

　　例句七：

Watched by hundreds of tourists, the 30-year-old <u>magician</u>
<u>Jerry Cheng</u> <u>escaped</u> from a fish tank full of water in an outdoor
theater Saturday by unlocking himself from a series of steel chains
tied up around him.

　　這句話的主詞是 magician Jerry Cheng（魔術師 Jerry
Cheng）、動詞是 escaped（逃跑了），所以句意大致是「有一
個魔術師逃跑了⋯」。這句話最前面的 Watched by hundreds of
tourists，其原句為：The magician was watched by hundreds of
tourists. 因為這 magician 與句子後面的 the magician 是同一個
人，所以可以省略，並將 was watched「去動詞化」，只留下
watched 這個「過去分詞」來當形容詞用，藉此將兩句合併成
一句。請看：

❖ The magician was watched by hundreds of tourists.

❖ The magician escaped from a fish tank.

→ *Watched* by hundereds of tourists, the <u>magician</u> <u>escaped</u>
                                         S_1 V_1

  from a fish tank .

此句中 full of water 是用來形容前面的 fish tank ； in an outdoor theater 是「地方副詞」，代表事情發生的地點；Saturday 為「時間副詞」，代表事情發生的時間；by unlocking himself from a series of steel chains tied up around him 是介系詞片語，告訴讀者這個魔術師「逃走的方法」（by 就是「藉由…方法」，也就是 by way of 的意思），另外，你有沒有注意到，這介系詞片語中的 tied up around him 其實也是一個「過去分詞」呢！不信你看：

❖ The magician unlocked himself from a series of steel
  <u>chains</u>.

❖ <u>The chains</u> were tied up around him.

→ The magician unlocked himself from a series of steel

  chains（which were）tied up around him.

我們可以將上面的前兩句合併，變成箭頭後的句子。句中的 which were 可有可無，因為which 指的就是前面的 chains，但若要省略，則 which 與 were 要一起省略，不可以只省 which，獨留 were 這個動詞，因為若只留 were，則這個句子就變成「一個主詞，兩個動詞」，萬萬不行哦！

圖解：

（Watched by hundreds of tourists），（the 30-year-old magician
S_1

Jerry Cheng） escaped （from a fish tank）（full of water）（in an
V_1

outdoor theater）（Saturday） { by unlocking himself from a series

of steel chains ）（tied up around him） }.

星期六，一個戶外的戲院，在數百位觀光客的注視下，三十歲的魔術師 **Jerry Cheng** 將一堆捆綁在他身上的鋼鏈鎖打開，從一個裝滿水的魚缸脫困。

例句八：

Astonishing dresses, perfect makeup, priceless diamonds and pearls are the usual theme for Hollywood female stars when they attend the Oscar Award ceremony.

這個句子的「主詞」十分特殊，又臭又長，但是格式卻又十分**工整**，值得我們好好學習！這主詞的重點其實是下面這幾個字：(1) dresses, (2) makeup, (3) diamonds and pearls，但為了突顯這些字的特別，作者分別在其前面加上一個誇張的形容詞： astonishing 修飾 dresses，perfect 修飾 makeup，priceless 修飾 diamonds and pearls。因為這些 dresses、makeup、diamonds and pearls 加起來東西很多，是複數，所以用的「動詞」是 are。

其實這句話應該只有 Astonishing dresses, perfect makeup, priceless diamonds and pearls are the usual theme for Hollywood female stars.，意思是「**耀眼的服裝、完美的化妝、價值不菲的鑽石及珠寶，是好萊塢女明星的尋常裝扮**」。至於後面的 when they attend the Oscar Award ceremony 只是用來告訴讀者「當這些明星…的時候」的形容詞子句。

看到這裡你可能會問：既然 they 指的就是 Hollywood female stars，那我可不可以如**例句七**那樣，將 when 與 they 一起省略，造出如 Astonishing dresses, perfect makeup, priceless diamonds and pearls are the usual theme for Hollywood female stars attending the Oscar Award ceremony. 的句子？答案是：*當然可以！*

圖解：

(Astonishing dresses), (perfect makeup), (priceless
　　①　　　S1-1　　　　②　　　S1-2
diamonds and pearls) are the usual theme (for Hollywood female
　　③　　S1-3　　V1
stars) (when they attend the Oscar Award ceremony).

耀眼的服裝、完美的化妝、價值不斐的鑽石及珠寶，是好萊塢女明星出席奧斯卡頒獎典禮的尋常裝扮。

例句九：

In what may be the start of Israel's reconciliation with the Arab world, Israel recently sent a secret delegation to Palestine to negotiate after its latest conflict with Palestine.

這句話很詭異，因為在逗號前的 In what may be the start of Israel's reconciliation with the Arab world，出現了 the start of 及 Israel's reconciliation 這些看起來很像**主詞**味道的字。可是這個由 In what may be... 所引導的東西事實上只是一個「導言」，用來形容全句，也順便帶出後面關鍵的「主詞」Israel（以色列）與「動詞」sent（派遣），也就是「**以色列派遣…**」之意。因此 in what may be... 是「就某方面而言可能是…」之意。這樣的「導言」用法在新聞英語中還挺常見的，你可以學起來。

圖解：

{ In what may be the start of Israel's reconciliation（with the Arab world）}, <u>Israel</u> recently <u>sent</u> a secret delegation（to
$\quad\quad\quad\quad\quad\quad\quad\quad\quad\quad$ S₁ $\quad\quad\quad\quad\quad$ V₁
Palestine）（to negotiate）（after its latest conflict with Palestine）.

在與巴勒斯坦最近一次的衝突後，以色列最近派遣一個秘密使團去巴勒斯坦商談，這可能是以國與阿拉伯世界重修舊好的開端。

句子中的 with the Arab world 是修飾前面的 Israel's reconciliation，指「以色列與阿拉伯世界重修舊好」。在 Israel

recently sent a secret delegation *to* Palestine *to* negotiate 中，第一
個 to 是指「到…地方」，第二個 to 是不定詞，連接主要動詞
sent 與次要動詞 negotiate。在 after its latest conflict with Palestine
中，its 指的是誰，你看的出來嗎？沒錯，當然是前面提過的
東西，也就是主詞 Israel。

例句十：

A French <u>woman</u> attempting to cross the Pacific Ocean in a
boat <u>radioed</u> yesterday that she has passed the halfway point.

這句話的主詞不難找到，但動詞卻有點困難，因為它不僅
與主詞相隔甚遠，而且詞性看起來還怪怪的，不是嗎？不過如
果你已經從第一個例句看到這裡，應該可以在一堆似是而非的
字中找出真正的動詞。這邊的 radioed 其實當「動詞」用，意
思是「用無線電通訊說…」，所以這句話的中心思想是「**一個
女人用無線電通訊說…**」。找到主詞、動詞後，這句話應該就
簡單多了，句中的 attempting 實際是從下面的步驟省略而來：

❖ <u>A French woman</u> attempted to cross the Pacific Ocean in
　a boat.

❖ <u>The French woman</u> radioed yesterday.

→ A French <u>woman</u> *attempting* to cross the Pacific Ocean
　　　　　　S₁
in a boat <u>radioed</u> yesterday.
　　　　　V₁

　　至於後面的 that she has passed the halfway point，是 that
引導的是當受詞用的名詞子句，當動詞 radioed 的受詞，指的
是「用無線電通訊說了一下這些事…」，哪些事呢？ she has
passed the halfway point（她已橫越中間點）這件事。

　　圖解：

A French <u>woman</u> { attempting to cross the Pacific Ocean
　　　　　　S₁
（in a boat）} <u>radioed</u> yesterday （that she has passed the halfway
　　　　　　　 V₁
point）.

　　法國一位女性試圖駕船橫越太平洋的女性，昨天用無線
電通訊說她已橫越中間點。

　　例句十一：

A Chinese <u>magazine</u> published last week in Hong Kong <u>stated</u>
that two popular soap opera stars were dating secretly in a remote

island near Bali.

這句話現在看起來應該很簡單了吧！因為「主詞」是 magazine（雜誌）、「動詞」是 stated（報導），句意大致是「有雜誌報導…」。句子中的 published last week 與 in Hong Kong 都是用來修飾「主詞」的這本雜誌；而 that 所引導的子句就是當主要動詞 stated 的受詞。副詞 secretly（秘密地）用來修飾前面的詞次要動詞 were dating。

圖解：

A（Chinese）magazine（published last week）（in
　　　　　　　S₁

Hong Kong）stated { that two popular soap opera stars were
　　　　　　V₁

dating secretly（in a remote island）（near Bali）}.

一份在香港發行的華文雜誌報導，兩個受歡迎的偶像劇明星在峇里島附近的一個偏遠小島秘密幽會。

要注意的是，published 前面省略了兩個字：which was，按照上面所述，這兩個東西要嘛一起出現，要嘛一起省略，就是不可以只出現一個哦！

例句十二：

Braving minefields and patrol officers along the border, a large number of <u>refugees</u> <u>are fleeing</u> political oppression and economic depression in several African countries.

這句話與**例句四**類似，可以如此看待：

* <u>Refugees</u> brave（是動詞，當「勇敢地面對…」解）minefields and patrol officers along the border.
* <u>Refugees</u> are fleeing political oppression and economic depression in several African countries.

→ *Braving* minefields and patrol officers along the border,

<u>refugees</u> <u>are fleeing</u> political oppression and economic
S_1　　　　V_1

depression in several African countries.

　　由此可知，這句話的「主詞」是 refugees（難民）、「動詞」是 are fleeing（逃離），整句句意是「**難民逃離…**」。句中逗號前的 Braving minefields and patrol officers along the border 當形容詞用，形容「主詞」refugees 的狀態，along the border 是「沿著邊境…」之意，用來修飾 and 連接的兩個名詞：minefields

與 patrol officers ； braving 是「**去動詞化**」的現在分詞。

圖解：

$$\{ \text{Braving} \underset{①}{(\underline{\text{minefields}})} \text{ and } \underset{②}{(\underline{\text{patrol officers}})} \text{ along the border}$$

}, (a large number of) $\underset{S_1}{\underline{\text{refugees}}}$ $\underset{V_1}{\underline{\text{are fleeing}}}$ $\underset{①}{(\underline{\text{political oppression}})}$

and $\underset{②}{(\underline{\text{economic depression}})}$ (in several African countries)

為了逃避政治迫害及經濟蕭條，許多非洲國家的難民甘願冒險被邊境地雷炸傷及被巡邏警察追捕，逃離自己的國家。

例句十三：

Angry because he was not given permission from the city council to perform in front of the City Hall in Tai-nan, the <u>musician decided</u> to move his concert to a nearby public park.

這句話的「主詞」與「動詞」遲至第二、三行才出現，所以有點難找，不過在閱讀時，你會發現很多句子都長得像這樣，**第一個「逗號」前的那串東西通常都只當形容詞用**。如果我們把 angry 前再多加幾個字：The musician was angry because he was not given permission from the city council to perform in front of the City Hall in Tai-nan. 你就可以看出來，句子前後的主詞是**同一個人**，都是 *the musician*，所以前面的 musician 可省，連帶的主詞 the musician 省了，動詞 was 也得省，所以這句話的開頭才會是 angry：

* ❖ <u>The musician</u> was angry because he was not given permission from the city council to perform in front of the City Hall in Tai-nan.
* ❖ <u>The musician</u> decided to move his concert to a nearby public park.
* → Angry because he was not given permission from the city council to perform in front of the City Hall in Tai-nan, the <u>musician</u> <u>decided</u> to move his concert to a nearby public park.

S_1 V_1

　　這句話的大意是「**音樂家決定做一件事…**」，其他的東西只是用來將這件事描述得更詳盡。

圖解：

> { Angry (because he was not given permission (from the city
> council) (to perform) (in front of the City Hall) in Tai-Nan) }, the
> musician decided to move his concert to a nearby public park.
>   S₁   V₁
>
> 因為氣憤市政府不讓他在台南市政府前表演，這位音樂家決定將他的演奏會移至鄰近的公園。

例句十四：

The father of two daughters who disappeared last Tuesday after a school field trip to the Taipei Zoo has appealed to the mayor for help in searching for his daughters.

這句子的「主詞」是 the father（父親）、「動詞」是 has appealed（請求…），大意是「父親請求一件事…」。而句中的 who 指的是前面的 daughters。

這句話很討厭，因為它的主詞與動詞隔得很遠。乍看之下，你或許會以為這句話的主詞是 two daughters，不過別忘

了，這 two daughters 是由介系詞 of 所領導的東西，是用來修飾前面的 the father，意思為「有兩個女兒的父親」，重點還是在「父親」上，這也是為什麼這句話的動詞是單數的 has appealed，而不是複數的 have appealed，懂嗎？

圖解：

The <u>father</u>（of two daughters）{ who disappeared（last
　　S₁
Tuesday）（after a school field trip to the Taipei Zoo）} <u>has</u>

<u>appealed</u> to the mayor for help（in searching for his daughters）.
V₁

　　兩個姐妹在上星期二學校所辦的台北動物園遠足後失蹤，她們的父親已向市長請求協尋自己的女兒。

　　由此可知，who、which、that 這類「關係代名詞」所代替的名詞，通常是它「前面的」、而且是「最靠近的」名詞！這類「關係代名詞」所引導的子句當「形容詞」用，但因為它們太長，所以如同前面所講的，會被放在所要修飾的名詞後面，由後面往前修飾這名詞。

例句十五：

While his wife sat by his side, a 72-year-old <u>man</u> <u>died</u> here Tuesday night after a long suffering of heart disease and diabetes.

　　這句話只要能看出來 while 所引導的 while his wife sat by his side 是修飾全句的形容詞，便可以輕易找出「主詞」是 a man、「動詞」是 died（「一個男人死了」）。而 while his wife sat by his side 中的兩個 his 指的是誰應該也就很明顯，就是本句的主詞 a man。

　　至於後面 after 所引導的介系詞片語，是用來形容這男人死的「背景」：在經過長期心臟病及糖尿病的折磨後。

圖解：

（While his wife sat by his side）, a 72-year-old <u>man</u>
$\overset{}{S_1}$

<u>died</u>（here）（Tuesday night）{ after a long suffering（of
$\overset{}{V_1}$

<u>heart</u> <u>disease</u> and <u>diabetes</u>）}.
　①　　　　　　②

在經過長期心臟病及糖尿病的折磨後，一個七十二歲的老翁星期二晚在此過世，當時老伴隨侍在側。

例句十六：

Singer <u>Janice Liang</u>, depressed by money problems and a break with her fiance, <u>tried</u> to commit suicide twice within a week, her agent admitted in public yesterday.

這句話的「主詞」是 Janice Liang、「動詞」是 tried，大意是「**有一個歌手試著…**」。緊接著主詞，用「逗號」隔開的 depressed by money problems and a break with her fiance 是用來形容主詞的狀態，說她「因為金錢問題及與未婚夫分手的打擊」。句末的 her agent admitted in public yesterday，則是告訴讀者，這資訊是誰透露出來的。這種**將資訊來源擺在一個句子的最後**，在新聞英語中是十分常見的，你千萬不要覺得奇怪哦！在前面的**例句一**中，也用到這種寫作的手法。

圖解：

Singer <u>Janice Liang</u>, { depressed by （<u>money problems</u>）
　　　　　S₁　　　　　　　　　　　　　　　①

and（<u>a break with her fiance</u>）｝, <u>tried</u> to commit suicide
        ②   V₁

（twice）（within a week）, her agent admitted in public yesterday.

　　歌手 **Janice Liang** 的經紀人昨天公開承認，因為金錢問題及與未婚夫分手的打擊，**Janice Liang** 在一個星期內試著自殺兩次。

　　　如前所述，這一章所列舉的句子都是困難度很高的句子，可能必須左讀、右讀、前讀、後讀、順著讀、倒著讀、讀它個八遍、十遍才可以真正抓住這些句子的重點！不過，「沒有辛勤的播種，便沒有歡笑的收割」，苦過來的果實，會更加甜美哦！

　　在了解這些難句的結構後，你是不是覺得較有自信可以閱讀英文文章了呢？能夠清楚了解每個句子的意義，對閱讀英文文章當然有很大的幫助，不過我們要能更有效率的閱讀，則還必須知道一般文章的大致結構，這樣閱讀起來才能條理分明、輕鬆愉快。在第二章「閱讀」裡，就讓我們學習如何有效的閱讀！

玟 君英文箴言錄

- 英文句子只有一個主要主詞、一個主要動詞,其他都是廢話!

- 在中文裡,「形容詞」幾乎全放在要修飾的「名詞」前,讓人一目了然;英文則不同,如果「形容詞」很短,只有一、二個字,那麼會放在要修飾的「名詞」前,但如果「形容詞」過長,則會放在要修飾的「名詞」的後面。

- 聰明而有效的唸句子法,並不是從第一個字唸到最後一個字的「線性閱讀」,而是「跳躍式的閱讀」:先快速找出「主詞」、「動詞」,掌握大致的句意,然後將修飾它們的子句、片語一群一群獨立起來,決定哪些資訊可以幫你更加了解句子。如果判斷某個子句或片語不太重要,便要跳過它們,以免浪費時間,也浪費腦力。

◇ 英語補給站 ◇

Freedom Fries and Freedom Toast

— French fries in the House of Representatives' cafeterias will now be known as "freedom fries" ; French toast will be known as "freedom toast"

咦,「自由薯條」、「自由吐司」,這是什麼東東?

其實這是一則有關美國與法國新仇舊恨的新聞。大家都知道,法國是這次反對美國派兵伊拉克最強烈的國家,而且法國總統也常在公開場合對小布希「嗆聲」,很多美國人因此對法國人很感冒。二○○三年二月,在 North Carolina(北卡羅來納州)Beaufort 的一家叫做 Cubbie's 的速食店,就將它店裡的 French fries 改名為 freedom fries,以抗議法國對美國出兵的反對。

聽到這則消息，你會不會覺得美國人既天真又無聊？事實上，這已經不是美國人第一次因為戰爭的緣故將別人國家的東西改名了！在第一次大戰期間，由於反德情緒高漲，美國也曾把人家著名的「酸白菜」（Sauerkraut）改名為「自由白菜」（liberty cabbage），又把「德國痲疹」（German measles）改成「自由痲疹」（liberty measles），甚至把人家的國粹「法蘭克福香腸」（Frankfurter Wuertchen）改成「熱狗」（hot dog）！你說惡劣不惡劣？

其實美國不只尋常百姓這麼天真，連官員都如出一轍，這則新聞講的就是 the U.S. Congress（美國國會）為了抗議法國在聯合國安理會上揚言否決美國攻打伊拉克提案，眾議院（House of Representatives）餐廳便將食譜上 French fries（炸薯條）的 French 除名，改為 freedom fries，且把 French toast（法式吐司）改為 freedom toast！這時有人就開玩笑說，那要不要也一不做、二不休，把戀人之間最愛的 French kiss（舌吻）也改成 freedom kiss？

"freedom fries," "freedom toast," & "freedom kiss"

　　這則新聞的後續發展是，一些不同意更改菜單的議員們紛紛表示這樣做其實很可笑："Should we ban French wine, Belgian waffles or Russian dressing? If Mexico votes no, should Mexican restaurants also be banned?"（「我們是不是乾脆也禁止『法國酒』、『比利時烘餅』、或是『俄式沙拉醬』？如果到時候墨西

哥投反對票，我們是不是也要將墨西哥餐廳一併禁掉？」）

大家都知道，French wine 及 Belgian waffles 在美國是非常受歡迎的東西，Mexican restaurants 在許多地區、尤其是美國南部及西南部更是受到熱烈歡迎，如果把這些東西都禁掉，那乾脆叫美國人通通挨餓節食算了！

不過這樣其實也有好處，反正許多美國人都 overweight，可以趁抵制時減肥一下，這樣又可以愛國又可以變苗條，可說一舉兩得！

One, Two, Three, Four, Five

A Taiwanese student bumped into an American in downtown New York and apologized: "I'm sorry!"

"I'm sorry too!" the American replied.

"Oh, I'm sorry three!" the Taiwanese student replied immediately.

"What are you sorry for?" confused, the American asked.

"Okay, I'm sorry five!"

一個台灣學生在紐約市區撞倒一個美國人，便道歉：「對不起！」

美國人聽了回他：「我也對不起！」

結果這台灣學生馬上回一句：「那我對不起三！」

美國人覺得很奇怪，便問：「你道歉什麼？」

台灣同學趕緊再補一句：「好，那我對不起五！」

咦，這笑話到底有什麼好笑？

　　原來，這個可愛的台灣同學把美國人的 I'm sorry too! 當成 I'm sorry two!（too 與 two 發音相同），有二就有三，所以只好接一句自己聽來也怪怪的 I'm sorry three! 美國人不懂他的意思，問了一句 What are you sorry for? 台灣同學竟又把這句話誤認為 What are you sorry four?（for 與 four 同音），有四就有五，最後只好訕訕地接了一句 I'm sorry five!

閱讀

- 怎樣才可以看懂英文文章？

- 如何有效的閱讀英文書報雜誌？

- 英文有沒有可能「速讀」？

- 有什麼「讀」英文的撇步？

- 為什麼唸到句子尾，就忘了句子頭？

- 為什麼查了字典，英文句子的意思仍舊「霧颯颯」？

閱讀時遇到不懂的單字，
是不是一定要查字典？

在大學上英文閱讀課時，一開始，班上的同學一定要把字典或翻譯機擺在桌上或手摸得到的地方才能安心。遇到這種情形，我總是會先問大家閱讀中文報紙的習慣。這時候同學通常七嘴八舌：

「嗯，我一定會先看大標題，如果是自己沒興趣的話題，就跳過那則新聞⋯」

「我只關心娛樂新聞，所以每次厚厚一疊報紙拿來，我只挑娛樂新聞的版面看⋯」

「我通常沒時間看整篇報導，所以我只看每則新聞的前面，因為第一段通常會把整個新聞的重點交代清楚⋯」

「如果我幾天沒看報紙，有時候光看第一段通常不知道整件事的來龍去脈，這時我會接下去看那篇報導，把牽涉在其中的人啊、事啊、物啊都搞清楚⋯」

等到同學安靜下來，我就問：「你們講的都是非常好、而且有效的閱讀方法。我很佩服你們知道如何在時間有限的情況下吸收大量資訊。好，現在你們告訴我，有誰在看《中國時報》時會查字典？」

全班一聽大笑：「老師妳太看不起我們了！看中文為什麼要查字典？」

「咦！如果看中文不查字典，看英文為什麼要查字典？同樣是閱讀，只是語言不同罷了，為什麼要因為語言不同而改變閱讀方法呢？」我問。

「因為英文很難呀！如果沒有查字典，遇到生字怎麼辦？」同學問。

「你們看中文報時也會遇到生字啊，只是比較少而已。而且你就算遇到生字，通常也不會特別注意，因為上下文看一看，就可以猜出那個字的意思了，而且就算猜錯了也無妨，只要不妨礙你了解那篇文章的大意，有誰會真的去查字典呢？」我說。

「可是有時我會因為看到一個中文字，比如說『猝死』的『猝』，一直都不會唸，然後有一天氣起來，就把字典挖出來查，把它搞懂，所以字典也蠻有效的啊！」有同學若有所思。

　　我於是趕緊曉以大義：「字典當然有用，但字典叫做『工具書』，不是『教科書』，也不是『世界名著』，不需要背、也不需要時時刻刻放在書桌上裝用功，最好把它藏在床底下或扔到屋頂上，非到受不了，不要隨便拿出來查，但是一查就要告訴自己：『這個字折磨了我好久、好苦，這次我既然費盡千辛萬苦查出它的意思，就再也不要忘記它！』」

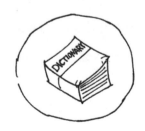

「老師這番話聽起來蠻感人的，但是有時候就算告訴自己一定要把這個字記住，過了幾天候還是會忘記啊！」同學議論紛紛。

「那就代表這個字還不『屬於』你啊！你要再多閱讀、再多碰到它幾次、再多查幾次字典，它才會屬於你。一旦有一天它真心屬於你，你就是想忘也忘不了它了！」

雖然許多同學覺得我把「單字」當情人的說法簡直是「肉麻當有趣」，紛紛宣示他們與英文單字的關係一向是你死我活、你情我不願，不過大家都同意，「查字典、背單字」真的是件超級苦差事。

有些同學在試過「除非必要絕不查字典」的招式後會跑來問我：「老師，有時候一個英文字不會，我就根據前後文猜它的意思，忍著不查字典，有時候那個字甚至出現好幾次，我還是忍著不查；直到有一天查字典後，才發現我根本猜錯它的意思了，難怪有時候套進一些句子時，覺得怪怪的。那時候我就很後悔不該聽妳的話！早知如此，第一次遇見那個字時就應該給它查字典！」

這時我通常會說：「你很後悔？很好呀！因為一個字可以帶給你這麼大的痛苦，這個字就是**你的**了！」

所以說，你千萬不要怕「猜字」或「猜錯字」，也千萬不要因為沒有在第一時間查字典而後悔，因為如果你不管三七二十一、一見生字就查，你會把這個字的意思當成「理所當然」，**但是沒有經過痛苦的學習**，它的效果不見得長久，「人是從錯誤中學習的動物」，從錯誤中學到的單字，會令你沒齒難忘！

當然，如果你不喜歡英文，也很少閱讀英文文章，一開始閱讀時一定會有很大的挫折感。這時你便要從英文文章的「基本結構」開始下手，並且選擇自己有興趣且「適合自己程度」的文章（亦即不至於讓你信心全失的文章啦）。但是記得：**千萬不要動不動就查字典！**

最後我要強調「閱讀時頻查字典」另外兩個壞處。第一，閱讀時查字典，你閱讀的思緒常常會因為查字典（或翻譯機）的動作而被打斷。通常等到你查完字義，回到文章本身時，已經忘了兩分鐘前到底唸了些什麼東東，只好再從頭唸起，多浪費時間啊！第二，除非你有很好的英文基礎，不然一翻開字

典，一個字通常有兩個、甚至數個解釋，這時你可能要花很久的時間才能決定到底哪個解釋才符合文章的意思，有時甚至還會如本書上冊所說的，完全搞錯意思！

在這一章，我們就要完全破除你閱讀時遇到的種種障礙，告訴你英文文章的基本結構，並詳細描述聰明的閱讀者，在閱讀文章時的心理活動與思維，引導你走向有效率的閱讀方式！

＊　　　　　　＊　　　　　　＊

教書時，常有學生跑來問我：「老師，我要如何看懂英文文章？」、「老師，我要怎樣有效的閱讀？」

我的答案通常很簡單：「**多讀、多讀、再多讀！**」

聽到這個答覆，你可能很失望：「廢話！英文就是要多唸才會進步，這還需要說嗎？但除了『多讀』以外，難道就沒有其他更好的方法嗎？」

其實，英文閱讀能力要進步，除了多閱讀外，還是有一些撇步的，且聽我慢慢道來：

勇敢拋棄字典

我常說，要訓練自己的閱讀能力，尤其是閱讀速度，一定

要勇於把字典這「生命中不可承受的重」拋棄。

何謂**拋棄字典**？我指的是將字典擺在家中離自己書桌或常出沒之處方圓二十公尺以外的地方。當然，如果你的房子比較小，這麼一擺可能已擺到鄰居的家或大馬路上，這時你可以變通一下，將字典放在有鎖的鐵盒裡，用報紙捆緊，再藏到床底下。

你或許會問：字典這麼好用，我們為什麼要如此大費周章，讓字典從生命中消失？

其實，我們在本章的一開始已經說過閱讀時勤查字典的壞處，因此在你開始下決心訓練時，唯有養成「不要常翻字典」的習慣，才可以打破以往太依賴字典閱讀的惡習。當然，訓練一段時間後，若你已養成**該查字典時才查字典**的好習慣，便可以大大方方的把字典擺回它原來經常被寵幸的地方。

尋找「有趣的 *i* ＋ 1」讀物

提升閱讀能力的另一個方法是找一本對自己而言「有點難，又不會太難」的英文文章或書籍來閱讀。何謂「有點難，又不會太難」的東西呢？根據英語教學理論，老師在課堂教學

時應運用「$i + 1$」原則，找出最適合全班學生程度的教材，以便因材施教。

上述所提理論是由美國第二語教學專家 Dr. Stephan Krashen 提出，是用在英文聽力方面，現在我把這個概念用到閱讀上，一樣可通！

何謂「$i + 1$」？

「i」指的是學生「目前的英語程度」，「＋」後面的數字是「課程難易的程度」。你可能會問，為什麼是 ＋ 1，而不是 ＋ 5 或 ＋ 10 呢？因為如果學生的程度只有 i，老師選的教材難度卻高出學生現有程度太多（例如 +5），那學生根本無法了解、吸收，甚至決定放棄學習，則教學的目標便無法達到。

反之，如果老師的授課內容或所選教材的難度是 i（學生現有程度），甚或是 $i - 2$，那麼學生便無法在現有的學習基礎上繼續進步，也可能因為教材太簡單而喪失努力精進的動機。所以老師要慎選適合學生的教材，使其難度可以引起學生的求知欲望、但又不至於太難或太簡單，導致學生提早放棄或

沒有興趣（咳咳，可見老師可不是那麼容易當的嘞）！但是因為一個班的學生通常好幾十個，要找出一個「統一」的 i，實在不是件簡單的事，因此老師通常只好抓一個大概的平均程度，來當作全班同學的 i。

不過這樣做，便不免顧此失彼。為彌補上課的不足，也為了不需去遷就其他人的程度，有心學好英文的你，便必須找出自己的 i，進行自我訓練。

首先你可以把家中任何有英文字的東西找出來（包括你以前買的英文小說、童話書、報紙、雜誌、甚至是剛買的那架數位像機的英文操作說明）。若真的找不到任何英文讀物，你可以上一些英文網站（不管是笑話、八卦、新聞或其他性質的網站），然後試著讀一讀其中的內容。

如果你發現文章中 10 個字有 5 個字不認識，那代表這個讀物對你而言「太難」了，可能是個 $i + 5$！這時你就必須再尋找其他讀物。如果下一個讀物的一個段落中，你只有少數幾個字真的不認得（但能大致猜出意思的字不在此列），那麼這個讀物對你而言可能就是個 $i + 1$！這時你要接著判斷這個你正在閱讀的東西是不是「有趣」、「引人入勝」，如果不是，你

也必須再繼續尋找，直到你找到那「**有趣的 $i + 1$**」讀物。

　　要提醒你的是，若你以往很少閱讀英文讀物，單字量也不是很大，不要一開始就附庸風雅的閱讀所謂的「經典名著」，例如 Pride and Prejudice《傲慢與偏見》、Wuthering Heights《咆哮山莊》等，因為這些作品雖有故事性，引人入勝，但它們畢竟是文學作品，其中的用字不見得很常見，其文體也很「自由」，加上這些作品寫成的年代較久遠，作者所用的字彙與語法與現在常見的字彙與語法已有差別（你只要想想以前唸中文「文言文」的作品就可以瞭解我的意思），所以並不適合想快速及有效增進英文閱讀能力的同學。

　　同理，英文的「詩集」也不太適合一般初學的同學。那麼「童話書」呢？我認為這是個見仁見智的問題，因為童話書或許內容簡單，字彙不難，但因為讀者對許多故事發展的情形已耳熟能詳，因此很難對童話書燃起「欲罷不能」的熱情。

　　那到底什麼是適合的閱讀物呢？我認為由剛剛提到的文學名著改寫成的小說是個不錯的選擇，因為這些改寫過後的作品難度降低、份量減少（頁數較少），且字彙及語法較符合現代讀者的需求。

閱讀

寫作

國內一些知名的出版社均有出版這種由
古典文學改寫的書籍，通常這類書籍皆委請
專人重新改寫，將原著中艱澀的部分簡化為淺顯易懂
的文字，如此一來既能保留原著的精華，又有曲折的
故事。不過對於一心想要欣賞「原著精神」的讀者，
改編版的東西就不適合你了！

另外，原著或改寫的英文偵探、推理小說也很好，因為較淺顯易讀，且故事性強、張力夠，非常引人入勝。還有，對有特殊興趣的同學，不同性質的雜誌（例如：汽車雜誌、運動雜誌、影劇雜誌、園藝雜誌…等等）也是很不錯的選擇。我有幾位唸工科的學生，就是因為憑著對滑板、美式足球的熱愛，一年多前開始閱讀英文的運動雜誌，到現在閱讀能力已經提升許多。

當然，**網路上**可找到的英文閱讀資料更是無所不在、無窮無盡、「便宜又大碗」！程度較佳的同學可以上各大新聞報紙英語網站，例如：USA Today、Washington Post、New York Times、Los Angeles Times、Chicago Tribune、Boston Globe、Wall Street Journal、San Francisco Chronicle 等；你只要在搜

尋引擎網站輸入報紙名稱，便可以順利找到網站，如此一來，既可以得到一手的資訊，又不會有天天花錢買英文報紙卻看不完的煩惱。

當然，若你偏愛台灣的英文報，可以上以下幾個網站：

http://www.chinapost.com.tw/

http://www.etaiwannews.com/

http://www.taipeitimes.com/News/

你在網站除了可以閱讀各式各樣娛樂性或評論性的文章，新聞網站常有的「即時新聞標題跑馬燈」，也可以訓練你的閱讀速度、考驗你是否可以從新聞的標題「猜測」出可能的新聞內容。

當然，喜歡體育活動的同學可以常上各大體育網站，除了了解最新「戰況」，也可以閱讀自己心儀球員的相關報導，一樣可以增進閱讀能力。其他如「八卦雜誌」、「男性雜誌」、「女性雜誌」裡面五花八門的流行資訊，通常既實用又有趣，增進英文能力外，也可與時代一起前進哦！

不瞞你說，西洋八卦雜誌及女性雜誌就是我的最愛。想當年，我的英文閱讀能力就是靠著一本又一本的 YM、Seventeen、Teen People 磨練出來的！你千萬不要小看這些沒營養的雜誌乁，我認識的女生當中，有些就是因為「哈日」，廣蒐日文雜誌及廣看日語節目，長久下來日文已經無師自通了呢！既然日文能，英文為何不能？在此告訴你尋找這些英文雜誌的地方：若你偏好有「實體」、可以翻查的雜誌，可以到 eslite（誠品書局）、fnac（法雅客）、Page One（位於台北 101 購物中心 4 樓，其英文書號稱與紐約、倫敦同步）等書店購買各式英文雜誌；若想在網上閱讀，可以先上雅虎的英文網站（www.yahoo.com），再從網站中已分門別類的項目（subject）去找尋所要的體育、娛樂、保健、旅遊、科技等等的專門網站。

另外，笑話、雙關語、謎語的網站也是很好的選擇，因為「從歡笑趣味中的學習」，與我們之前講的「從錯誤、痛苦中學習」有異曲同工之妙！雖然看這些笑話、雙關語、謎語時，你可能會因為遇到與文化有關的俚語或習慣用法而「有看沒有

懂」，不過換個角度想，這也是激勵你多去**了解英語系國家文化內涵**的好方法！

　　總之，你一定要想辦法找到能引起自己閱讀興趣、難度又適合自己的讀物。這個工作不是你的英文老師可以替你做或替你決定的。慢慢來，不要急，我相信只要你持續廣泛的閱讀，很快便會找出適合自己的讀物！

猜你千遍也不厭倦

　　一旦找到適合的讀物後，你一定要有心理準備，在閱讀時會遇到不懂的單字、句子、句型。遇到單字時怎麼辦？你現在知道絕對不可馬上查字典，那要怎麼辦呢？難道要繼續讀下去，一直到把整篇文章都讀完？？

　　沒錯！

　　「哇，那不是很痛苦嗎？不懂的單字又不能查，怎麼唸得下去咧？」你的臉開始扭曲。

　　Calm down. 其實不能「**查**」，可以「**猜**」呀！你可以根據這個生字所在的句子或段落，看看可不可以找到**類似的字**。很多作者寫作時，常常會在一個段落間或一句話中，用一些長得不同、但意思相同或相近的字，以避免同一個字的重複使

用，因此當你看到不認得的字時，不要急著查字典，應先在這個字的前、後、左、右瞧瞧，看有沒有與這個字意思相似的其他字。

例如以下這個句子：

Although the price of some <u>merchandise</u> in this supermarket can be outrageous, the price of most <u>products</u> are still reasonable.

句子中，雖然我們不認識 merchandise 這個字，但是從後面的 products 可以知道，這兩個名詞基本上講的是**同一種東西**，既然 products 是「產品」，則 merchandise 的意思應相去不遠矣！。

若這招行不通，你可以再試試這一招：**先把這個單字的「詞性」（即：動詞、名詞、形容詞等）找出來**，通常這也有助於判斷單字可能的意思。更重要的，你也可以藉由一個字的詞性，來判斷它是「主詞」或「動詞」（即一個句子中的關鍵——請參考本書第一章）。例如：

This auditorium can seat 3,000 students.

乍看這句話，This 是指示代名詞、auditorium 是禮堂、can 是助動詞、seat 是座位、3,000 是數字、students 是學生，整個句子似乎沒有「動詞」！不過如果這個句子確實沒寫錯，我們便知道這其中有個字必得是動詞；而 seat 在所有字當中最可能是「動詞」，因為它在「主詞」auditorium 及「助動詞」can 之後。沒錯！這裡的 seat 當動詞，是「容納…座位」之意！

既然知道單字的「詞性」有助於判斷單字的意思，聰明的你，看得出以下幾個句子的「動詞」為何嗎？

1. The fighter downed his opponent.

2. They shoulder all the responsibilities of this accident.

3. My father and I floored the entire living room this weekend.

4. Those guys cornered him and beat him up.

5. I always bottle some water when going hiking.

6. Please hand me the book.

7. The serial killer always skins his victims after he catches them.

8. Oh no! The baby wetted its bed again!

9. Anne always nurses her baby in public.

你找到這些句子的動詞嗎？

1. downed「擊倒」；

2. shoulder「負擔；一肩扛起」；

3. floored「鋪地板」；

4. cornered「逼到角落」；   7. skins「剝皮」；

5. bottle「裝瓶」；   8. wetted「尿床」；

6. hand「交付…、遞…」；   9. nurses「哺乳」。

又或者，你可以只簡單的將這個看不懂的單字，根據上下文，大致歸類為「正面的」、「反面的」、「多的」、「少的」、「強的」、「弱的」、「有生命的」、「無生命的」…等「兩極化」類別（實際應用範例等一會兒會解釋）。總之，你必須想盡辦法先將生字猜出個大概，再不然你也要有「提得起、放得下」的勇氣，可以咬著牙，硬是跳過這個單字，繼續往下看。

對開始閱讀的同學而言，手上準備一支鉛筆（再說一次：**是鉛筆，不是字典哦！**）有其必要，因為你可以一邊閱讀，一邊將下列的字圈起來或畫底線：

1. **看不懂的生字**
2. **語氣轉折詞**：例如 although、though、but、however、

nevertheless、while（雖然）…等，因為這些字的出現表示「**字前面與字後面的意思恰恰相反**」，因此在猜字時，可以好好運用這個規則。比方說剛剛的那個句子：

Although the price of some merchandise in this supermarket can be <u>outrageous</u>, the price of most products are still <u>reasonable.</u>

你雖看不懂 outrageous，但可以從 although 這個字，知道 outrageous 與 reasonable（合理的）在語義上應該「相反」，所以儘管不認得 outrageous（不合理的），還是不妨礙你了解此句的意思。

3. **序數**：例如 first、second、first of all、thirdly、to begin with...，還有 last、finally、furthermore、last of all...等，因為這些字告訴你，作者正「**將一個連貫性的概念或敘述分成若干小節，做一有組織的陳述**」，因此只要你密切注意這些序數，通常可以輕易對文章的結構或流程有清楚的了解。

4. **對等連接詞**：我們在這本書的上冊提過，在一個句子中，and、or、but、yet、so、for、nor... 的「對等連接詞」有個非常重要的特性，那就是它們**連接「對等」的東西**：「名詞」連接「名詞」、「動詞」連接「動詞」、「子句」連接「子句」、「形容詞」連接「形容詞」等等。

因此你可以先找出這些「對等連接詞」，再找出它們所連接的「對等」的東西，如此便可以大大幫助你許多釐清長句的結構。

別忘了，「對等連接詞」不只可以連接兩個對等的東西，它們還可連接三個、四個、或更多的東西哦！例如在 Erin's house usually has a lot of old magazines, newspapers, posters, or books. 中，or 就連接了四個「名詞」；而在 The owner of Johnny's Pizza prides himself in using fresh ingredients, being generous with toppings, and serving piping-hot pizzas. 中的 and，就連接了三個「動詞 -ing 片語」；在 Many companies discovered that some environmentally sound practices can build up goodwill, win customers, and produce a healthier bottom line. 中的 and ，便連接了三個「動詞片語」。詳細解說請參考上冊第二章「基本句型」。

5. 特殊句型：如果你在閱讀時碰到如下面的「相關字組」或成雙的句型片語時，不妨做個記號，因為它可以幫助你將句子前後、或者句子與句子間的意義串聯起來：

「相關字組」及成雙的句型片語	中　譯
too... to...	太…以致於不…
on the one hand... on the other hand, ...	一方面…另一方面…
not... until...	直到…
no sooner had... than...	說時遲那時快…
as... as possible	儘可能的…
either... or...	不是…就是…
neither... nor...	既不是… 亦非…
not only... but also...	不只…也…
both... and...	二者都是…
as... as...	與…一樣
as well as...	…以及…
not as... as... not so... as...	與…不一樣
so... that... such... that...	太…以至於…
whether... or...	是否…；是不是…
not... but...	不是…而是…
not so much... as...	與其說是…不如說是…
rather than...	而不是…；相反的…
would rather... than...	寧可…而不…

所以說，第一次閱讀一篇文章時，你只須快速閱讀，並將上列你認為有必要注意的單字圈起來或 underline 便可。閱讀完後，別忘了停下來想一想這整篇文章到底在講些什麼。想完後，你可以再讀一遍，或是隔天再唸第二遍。

有些同學習慣每讀完一段便想一想「段意」，這當然也可以，但你要確定這麼做不會打斷你閱讀的流暢性！另外，在這個階段，若你不能想出文章中提到的東西，或你對文章的大意還很模糊，千萬不要氣餒，因為這是很正常的現象。你只要利用這種方法，反覆練習、堅持到底，我相信成功就在不遠處！

但請記得：唸第二次時，若遇到上次圈起來的生字，一定要先想辦法猜它的字義，**不要馬上查字典**。若你覺得可以猜出個七、八成，便要繼續唸下去，不要停。若真的猜不出來，還是不要馬上查字典，請你把這個字再做一次記號，然後繼續唸下去，直到唸完。

唸完後，停下來想一想：自己唸第二遍後，對這篇文章的了解與唸第一遍時有何不同？然後再將圈過的單字做最後一遍「巡禮」，如果確定這個字真的想破頭也想不出來，而且這個字如果不查出來真的會「妨礙」你了解句意或整篇文章的意思，這時你便可以起身將字典從屋頂或床底下挖出來，好好的將這些字查一查了！

如果這篇文章是「有趣的 $i+1$」讀物，而你又真的只查那些會妨礙你了解文章的字，那麼一篇文章所需要查的單字應該不會太多。既然不會太多，你就要想辦法將之記住，或者趕快**在短期內再閱讀屬性類似的文章**。如果這個單字隔兩天又再次出現，恭喜你！這個單字就真的屬於你了！ Why? 因為你倆經過這些日子的千辛萬苦、彼此猜測、黯然神傷後再度相遇，這個單字與你便注定要不離不棄了。而且你知道嗎？這個單字就是我們上冊第一章一直提到的**有意義的單字**！

瞭解了這些閱讀的撇步後，你或許還會問：**那我閱讀時可不可以「朗讀」？**

我認為這是個人習慣的問題，只要這麼做不會妨礙到你閱讀的連貫性（尤其是唸到不知如何發音的生字時），當然可以

考慮唸出聲來；就像我前面提到的，如果你覺得第一遍閱讀時，一邊閱讀一邊圈字或 underline 太麻煩，或者這麼做會降低你閱讀的速度或興趣，那當然可以把我的話當廢話！因為雖然很多人告訴我上述的方法對他們十分有用，並不保證對你也一樣有用，是嗎？

你或許也會問：一篇文章到底要唸多少「遍」才可以？我的建議是「兩遍」或「三遍」，最多「四遍」，因為如果超過四遍，除非你中間相隔個幾天再唸，不然同樣的東西一直唸，一定會感到很厭煩，不是嗎？

當然，如果你除了單字外，對句子結構本身也概念模糊的話，就算一篇文章中沒有生字，也往往會被句法搞得頭昏腦脹。在第一章及「附錄一」，我們會深入談句子的結構，你可以將它們看完後，再一併開始進行你的閱讀大計。現在讓我們先進入本章的一個大主題：「文章的結構」。

文章的基本結構

文章到底要怎麼閱讀？要不要從第一個字唸到最後一個字？還是可以跳著讀、隨著心情讀、倒著讀、胡亂讀？

我的建議是，在一開始訓練自己閱讀能力時最好是「從頭到尾照順序讀」，可是一旦廣泛閱讀，熟悉了閱讀技巧，或在趕時間的情況下（例如考「閱讀測驗」時），則可以考慮「跳著讀」。不管如何，讓我們先看看一篇文章基本的結構圖：

這邊指的文章是一般常見的論說文（Argumentation and Persuasion）、說明文（Exposition）、敘事文（Narration）、描寫文（Description）...等；範圍包括政治、社會、經濟、文化、科技…等，其他如「新聞英文」、「科技英文」、散文、小說等，因為各有其特殊的結構，並不在我們討論的範圍內。

文章題目（Title of the Essay）

· 導論（Introduction）

開場白（Opening statement）

命題句（Thesis statement）

· 內文（Body）

主題句一（Topic sentence 1）

支持主題句一的細節（Supporting details）

主題句二（Topic sentence 2）

支持主題句二的細節（Supporting details）

主題句三（Topic sentence 3）

支持主題句三的細節（Supporting details）

· 結論（Conclusion）

摘要或其他方式的結尾

（Summary or other closing remarks）

你還記不記得，小時候上國文課時，老師都會要求我們寫作文時要分「四段」，分別是「起」、「承」、「轉」、「合」？中文作文有一定的章法，英文作文當然也不例外！

英文是一種結構十分嚴謹的語言，不僅句子本身如此，寫成文章也是如此。在正式的英文文章中，哪一段該寫些什麼都有一定的規範，而這個規範通常在文章一開始就會點出來，清清楚楚、明明白白。

一篇英文文章通常分為三大部分，也就是「導論」、「內文」、及「結論」。「導論」與「結論」通常是一段，但「內文」可以是好幾段，就看文章的長短而定。

好，知道了文章分三部分後，我要問你，這三大部分中哪一部分最重要？

一、導論

為什麼要這麼問呢？因為如前所述，如果我們時間不夠、或不耐煩閱讀整篇文章，那麼我們當然要確保先唸文章中「最重要」的那部分，不是嗎？「最重要」的那一段一定要能夠開宗明義，又要能提綱挈領。

「導論」、「內文」、「結論」，誰有這樣的能耐呢？

我想你會同意，一篇文章中的第一段，也就是「導論」，會是最重要的。因此閱讀時，我們要先唸第一段。

但第一段可能有很多句，哪一句通常最重要？第一句？第二句？最後一句？其實大部分的文章都**不會一開頭便直接切入主題**，相反的，作者通常會在一開始時稍微「寒暄」、「暖場」一下，利用問句、數據、典故、故事、笑話、或令人驚訝、不可置信或迷惑的用語來引起讀者的好奇心，點出文章的大概，讓讀者稍微熟悉文章的大方向後，再帶入文章真正的主題。

因此一篇文章的開頭幾句話通常是我們所謂的「開場白」，**不會**是一篇文章的主旨。開場白後，才會正式導入文章的主題，也就是**一篇文章中最重要的部分：「命題句」**。所以我們可以說，第一段中最重要的句子，往往不是第一句，而是接近第一段的最後幾句。

通常命題句出現時，讀者都會很容易看得出來，因為作者一般都會清楚的點出這篇文章的結構、大意、與方向。**導論中的「命題句」通常只有一句話**，由這一句話負起闡揚整篇文章

的大任（雖然在極少數的時候，「命題句」會超過一句話，而由兩句或三句話組成）。

另外，閱讀時你可能也會發現，有些「導論」非常直接了當，在文章一開始，便把「命題句」直接點出，毫不囉唆，這種「**省略開場白**」的情形通常出現在整篇文章篇幅比較短的時候。

另外，有些比較細心的作者在第一段中點出「命題句」後，還會接著加上一、兩句話，我們稱之為「**文章發展**」（plan of development）。什麼意思呢？就是告訴讀者：「接下來我這篇文章要先寫這個，再寫這個，然後寫這個，最後寫這個。」意即**預告讀者文章接下來的發展**。有「文章發展」的文章通常篇幅比較長，作者怕讀者唸著唸著搞不清頭緒，所以在導論時先將文章接下來的發展告訴你。

「導論」實戰

看至此，你是否有點「霧颯颯」的感覺？讓我們來看看以下四篇文章的「導論」，你試著找出每篇文章的「命題句」，並告訴我這些導論是不是有「文章發展」：

Coping with Old Age

I recently read about an area of Russia where many people live to be well over a hundred years old. Being 110 or even 120 isn't considered unusual there, and these old people continue to work right up until they die. The U.S., however, isn't such a healthy place for older people. Take my parents for example, since they retired from their jobs, they've had to cope with the physical, mental, and emotional stresses of being "old."

面對老年

我最近讀到,在蘇俄的某個地區,許多當地人都活超過一百歲。在那裡,活110歲、或甚至120歲,都不是什麼不尋常的事,而且這些年紀大的人在死的前一刻,都持續在工作。然而,美國的老年人卻不這麼健康。拿我父母做例子,自從他們退休後,便一直必須克服「老」所帶來的生理上、心智上、及情緒上的壓力。

Life Without Television

When my family's only television set went to the repair shop a while ago, we thought we would have a terrible week. How could we get through the long evenings in such a quiet house? What would it be like without all the shows to keep us company? We soon realized, though, that living without television for a while was a stroke of good fortune. It became easy for each of us to enjoy some activities alone, to complete some postponed chores, and to spend quality time with each other.

沒有電視的生活

前一陣子，當我們家唯一一台電視送修時，我們都以為那個禮拜將會過得很難受。沒了電視，我們要如何度過漫長而安靜的夜晚？沒有了以往與我們為伴的那些電視節目，日子會變得怎樣？但我們很快就了解到，生活中有一段時間沒有電視機反而是一種好運。我們每個人很輕易的便可以享受一些個人的活動，也做完了平日一直拖延的家事，而且與家人享受愉快的時光。

導論三

Aspects of Love

How do we know that we are really in love? When we meet that special someone, how can we tell that our feelings are genuine and not just infatuation? And, if they are genuine, will these feelings last? Love, as we all know, is difficult to define. But most people agree that true and lasting love involves far more than mere physical attraction. Love involves mutual respect, the desire to give rather than take, and the feeling of being wholly at ease. In the next paragraphs, I will use my own experiences to explicit the three aspects of love.

愛情的面貌

我們如何知道我們真的身陷愛潮？當我們遇到那個特別的人，我們如何判斷我們的感情是真誠的，而非僅是一時的迷戀？還有，就算感情是真誠的，是不是可以持續下去？我們都知道，愛情很難去定義。但大部分的人都同意，真實且持久的愛情所包含的，遠超過肉體的吸引力。愛情包括互相的尊重，寧願付出而不願取得的渴望，以及十足悠遊自得的感覺。在下一段中，我將以自己的親身經驗，闡明愛情的三種不同面貌。

導論四

Steps to Avoid Child Car Accidents

Diseases like scarlet fever and whooping cough used to kill more young children than any other cause. Today, however, child mortality due to disease has been almost completely eliminated by medical science. Instead, car accidents are the number one killer of children. And most of the children fatally injured in car accidents were not protected by car seats, belts, or restraints of any kind. Several steps must be taken to reduce the serious dangers car accidents pose to children.

避免幼兒車禍的步驟

猩紅熱及百日咳這類的疾病，曾經比其他任何的原因造成更多幼兒死亡。但是現今醫學科學發達，因疾病所導致的幼兒死亡已幾乎不存在了。取而代之的，車禍是幼兒死亡原因的第一位。而且大部分非死即傷的幼兒車禍，是因為車內並沒有安全座椅、安全帶、或任何約束行動的保護裝置。要減低車禍對幼兒造成的嚴重傷害，我們一定要採取幾個步驟。

（以上文章改編自 John Langan 的 *College Writing Skills*, 2000）

進階句型

閱讀

寫作

「導論」解答：

1. 導論一 Coping with Old Age 的「命題句」為 Take my parents for example, since they retired from their jobs, they've had to cope with the physical, mental, and emotional stresses of being "old." ; 導論一沒有「文章發展」。

2. 導論二 Life Without Television 的「命題句」為 It became easy for each of us to enjoy some activities alone, to complete some postponed chores, and to spend quality time with each other. ; 導論二「文章發展」。

3. 導論三 Aspects of Love 的「命題句」為 Love involves mutual respect, the desire to give rather than take, and the feeling of being wholly at ease. ; 「文章發展」為 In the next paragraphs, I will use my own experiences to explicit the three aspects of love. 。

4. 導論四 Steps to Avoid Child Car Accidents 的「命題句」為 Several steps must be taken to reduce the serious dangers car accidents pose to children. ; 導論四沒有「文章發展」。

二、內文

　　找得到文章的「命題句」，除了可以幫我們了解整篇文章的精義，對我們還有什麼好處呢？其實，我們還可以藉著第一段導論「命題句」的內容，幫助我們**預測一篇文章「內文」的整個發展過程**（也就是這篇文章的二、三、四段到底會寫些什麼）。為什麼呢？

　　因為我們之前說過，英文是一種結構十分嚴謹的語言，在正式的文章中，哪一段該寫些什麼，都有一定的規範，而這個規範通常在文章「命題句」或「文章發展」中就會點出來。

　　因此，當初英文文章中「命題句」或「文章發展」怎麼寫，接下來的「內文」就會怎麼發展。舉剛才的**導論— Coping with Old Age** 為例，我們可以預測，它的第二、三、四段便會分別闡述作者父母的 physical（身體的）、mental（心智的）、emotional（情感的）壓力。而且你知道嗎？第二段一定會寫 physical stress，不會寫 emotional stress，第三段也一定會寫 mental stress，不會寫 emotional stress，為什麼？因為作者當初在「命題句」與「文章發展」寫的順序是如此，在「內文」中的順序便得如此！所以說，如果你今天時間有限、且只對種作者描述的 mental stress 有興趣，便可以跳過第二、第四段，

直接看第三段，保證你可以找到你要的 mental stress 資訊，不會失望！

另外，從前面的「文章結構圖」也可以看出，「內文」的每一段其實包含了主題句、及支持此一主題句的細節。**「主題句」通常存在於內文中每一段的第一個句子，因此對於它所處的段落有「提綱挈領」之作用。**當然，一個段落光有一個美美的、提綱挈領的主題句還不夠，必須要有後面一連串「支持」這個主題句的其他句子，也就是「支持細節」。

你或許會問，一個段落中既然有提綱挈領的主題句，為何還要囉哩叭唆的加上一串支持細節？其實一般作者這麼做的原因，不外乎是利用這些「支持細節」去詳加闡明「主題句」，幫助讀者更了解「主題句」所要傳達的訊息。

要注意的是，作者在寫這些「支持細節」時，態度通常十分嚴謹，即會緊緊扣住「主題句」、環繞「主題句」而寫，絕對不會離題。所以說，在閱讀時，如果你只對文章中的某一個部分有興趣，即可以從導論的「命題句」，或內文的某一個特定的「主題句」，輕輕鬆鬆在那個段落中的「支持細節」裡找到你想要的資訊，不需費力將整篇文章讀完。

喜愛英文的心很重要、從容應付英文考試也很重要。這裡提供你一個考英文「閱讀測驗」的撇步。在時間緊迫的情形下，你可運用上述「文章結構」的方法「找」出答案。比如說，一篇閱讀測驗若有五個題目，它的第一個題目、也是最常會問的題目，通常是：

What is the subject matter of this article?
「這篇文章的主旨為何？」
What are the author's opinions on...?
「作者對…議題有何看法？」

嘿，聰明的你猜猜看，這題的答案是什麼呢？沒錯，就是文章第一段裡的「命題句」！接下來的試題中，通常有一、兩個問題會問到「內文」中某一段的某一句話、某個字、或某個概念，這時若要找出這句話、這個字、或這個概念，便要先知道這個東西的「所在地」為何。

要如何判斷這個「所在地」呢？我們用的便也是

「命題句」或「主題句」的概念，因為命題句通常會透露出某個「主題」所對應的內文段落，一旦找到這個段落，我們便可確定有關這個段落的所有資訊會完全跟著這段落的第一句（即「主題句」）來走，其他段落的概念並不會在這段出現，大家「井水不犯河水」。因此我們並不需讀完整篇文章，只須在測驗題所問到的那個段落努力尋找，便能能找到答案。

　　當然，文章最後一段的結論也常常是問題所在，通常會問的題目有：

Based on what the author stated earlier, what might happen in the future?

「根據作者前面所述，未來會發生什麼事情？」

According to the above mentioned problems, what should be done about this issue?

「根據上述的問題，我們應採取何種行動？」

What are the recommendations the author suggests in the conclusion?

「在結論時，作者提出哪些建議？」

「內文」實戰

現在讓我們來閱讀一篇名為 Capital Punishment 的文章「內文」。這篇短文的「導論」在此暫不列出；它的 thesis statement（命題句）是：

In my opinion, capital punishment is wrong in many aspects. The United States should get rid of capital punishment, which is really just "legal murder." Three reasons are given as follows.

我認為死刑在很多方面而言是錯的。美國應該廢除死刑，因為它事實上只是「合法的謀殺」。以下是三點理由。

現在讓我們試著練習看看，一起閱讀下面這篇文章的「內文」，找出每一段的「主題句」及「支持細節」：

First of all, I believe that it is wrong to kill. Only God has the right to take away life. Human beings should not kill human beings. Even if a criminal has committed horrible crimes, the government does not have the right to execute him.

Second, the threat of going to the electric chair or to the gas chamber does not stop criminals. When people commit a violent crime, they are not thinking about their punishment. In fact, many crimes happen when people are angry. They are not thinking about the consequences of their actions. According to a report in the New York Times, the State of Ohio executed 8 men in 9 weeks in the fall of 1995. During that same time period, the murder rate in Ohio rose 15 percent. This shows that the threat of capital punishment does not stop crime.

The third and most important reason for abolishing the death penalty is that the government sometimes makes mistakes and executes innocent people. In fact, this has happened. According to an article in Time magazine, there were 25 executions of innocent people in the United States between 1995 and 1996. In my view, this makes the government itself guilty of murder.

（以上文章改寫自 Ann Hogue 的 *First Steps in Academic Writing, 1996*）

「內文」解答

「內文」第一段的「主題句」很明顯在這段的第一句：

I believe that it is wrong to kill.

我相信「殺人」是錯的。

接下來的兩句話都是支持「殺人是錯的」的「支持細節」：

(1) Only God has the right to take away life.

　　只有上帝有權取走生命。

(2) Human beings should not kill human beings.

　　人不該殺人。

這段的最後一句其實也是「支持細節」，不過在這個功能外，它又兼有將這段「內文」總結的效果：

Even if a criminal has committed horrible crimes, the government does not have the right to execute him.

就算一個人犯了罪，政府也沒有權力去殺死他。

「內文」第二段的「主題句」也在第一句話：

The threat of going to the electric chair or to the gas chamber does not stop criminals.

電椅及毒氣室的威脅並不能阻止罪犯。

這段後面的句子都是支持「極刑並不能阻止罪犯」的「支持細節」，這其中甚至還包括一篇引自《紐約時報》的例子，用來加強文章的論點：

(1) When people commit a violent crime, they are not thinking about their punishment. In fact, many crimes happen when people are angry. They are not thinking about the consequences of their actions.

當人們犯罪時，他們不會想到懲罰。事實上，許多的罪行是人們在憤怒時犯下的。他們不會想到他們的舉動會帶來何種後果。

(2) According to a report in the New York Times, the State of Ohio executed 8 men in 9 weeks in the fall of 1995. During that same time period, the murder rate in Ohio rose 15 percent.

根據《紐約時報》的報導，一九九五年秋天，俄亥俄州在九個星期裡執行了八個死刑。但在同一時期，俄州的謀殺率卻上升了百分之十五。

　　這段的最後一句其實也是「支持細節」，不過在這個功能外，它也具有將這段「內文」總結、並呼應「主題句」的效果：

This shows that the threat of capital punishment does not stop crime.

這顯示死刑的威脅並不能阻止犯罪。

「內文」的最後一段其實是這三段中**最重要**的，為什麼？因為作者在這段的「主題句」用了 the most important reason（最重要的理由）來告訴讀者，這三點論述中，他最重視這一點：

The third and most important reason for abolishing the death penalty is that the government sometimes makes mistakes and executes innocent people.

第三個、也是最重要的廢除死刑的理由是，政府有時會犯錯，從而殺死了無辜的人。

接下來的「支持細節」中又引用到另一個 source，來加強文章的論點：

According to an article in Time magazine, there were 25 executions of innocent people in the United States between 1995 and 1996.

根據《時代雜誌》，在 1995 至 1996 年間，美國共有 25 個誤判死刑的案件。

最後一句話與上面兩段的最後一句話一樣，除了當「支持細節」，也有將這段「內文」總結的功能：

In my view, this makes the government itself guilty of murder.
我認為這使得政府本身也犯了謀殺罪。

在「內文」的寫法中，作者將最重要的論述放在「內文」的最後一段是常見的寫作技巧。所謂的 save the best for last（「好酒沉甕底」），就是這個意思！我們在下一章中還會加以說明。

文章的翻譯

死刑

（內文）第一，我相信「殺人」是錯的。只有上帝有權力取走生命。人類不該殺其他人類。就算一個罪犯犯了罪，政府並沒有權力去殺死他。

第二，「上電椅」或者「進毒氣室」的威脅並不能阻止罪犯。當人們犯下殘忍暴力的罪時，他們並不會想到隨之而來的懲罰。事實上，許多的罪行是人們在憤怒時犯下的。而這些人在犯罪時，並不會想到他們的舉動會帶來何種後果。根據《紐約時報》的一個報導，一九九五年秋天，俄亥俄州在九個星期裡執行了八個死刑。但在同一時期，俄州的謀殺率卻上升了百分之十五。這顯示死刑的威脅並不能阻止犯罪。

第三、也是廢除死刑最重要的理由是，政府有時會犯錯，從而因死刑殺死了無辜的人。事實上，這種事的確發生過。根據《時代雜誌》的一篇文章，一九九五至一九九六年間，美國共有二十五起誤判的案件。我認為這使得政府本身也犯了謀殺罪。

三、結論

結論是一篇文章的總結。在正式的作文中，常見的結論形式有下列幾種：

❖ **整理摘要及提供省思**：作者簡短重述整篇文章的主旨或要點、以及紀錄個人的省思。
❖ **提出引人深思的問題**：作者在結論時提出一個或數個問

題給讀者，讓讀者有機會可以進一步思考文章之前的內容。

❖ **提出預測或建議**：作者提出對所寫議題未來的預測、想法、建議、或解決的方案。

❖ **闡述文章可衍生的對策、呼籲讀者採取行動**：作者希望讀者藉由文章產生共鳴，並身體力行、採取行動、改變現狀。

一般而言，第一種「**整理摘要及提供省思**」是最常見的結論形式。不過，作者通常會依據文章性質及題目的不同，採用不同的結論寫法，有些作者甚至會將兩種或三種形式合併使用，寫出更豐富多變的結論！

「結論」實戰

請你閱讀下面的文章，然後告訴我，這篇文章的「結論」為何種寫法：

Giving up Smoking

After several years of trying to quit smoking, I finally gave up the habit 8 months ago for several good reasons.

To begin with, I got tired of the smell. My hair usually smelled bad, my breath was always sour, and my apartment always smelled like nicotine. Second, I felt uncomfortable when people reacted negatively to my cigarettes. Complete strangers would give me dirty looks and move away from me. Even my girlfriend began to avoid me. Next, cigarettes just kept getting more and more expensive. I estimate that smoking cost me over one hundred dollars a month. The most important reason, though, is that I began to worry about my health. I do not mind having a little cough, but I am really afraid of health problems when I get older, such as cancer and heart disease. No pleasure is worth that price!

Now that I have given up smoking, I can enjoy clean air again, people are friendly toward me, I have more spending money, and my cough is gone. Life is just more enjoyable!

（以上文章改寫自 Strauch 的 *Bridges to Academic Writing*, 1997）

「結論」解答

這篇短文很淺顯易懂，也因為它很短，所以它的「內文」並**沒有分段**，而是直接在一段中一網打盡。不過就算沒有分

段，「內文」中的每一個「主題句」及其「支持細節」依舊十分清楚，我相信聰明的你一定可以找得出來！

在「內文」中，作者總共提到了**四點**他決定「戒菸」的理由：

(1) To begin with, I got tired of the smell.

話說從頭，我對菸味感到厭煩。

(2) Second, I felt uncomfortable when people reacted negatively to my cigarettes.

第二，當別人對我的香菸產生反感時，我會感到不安。

(3) Next, cigarettes just kept getting more and more expensive.

再者，香菸也越來越貴。

(4) The most important reason, though, is that I began to worry about my health.

然而，最重要的，我開始擔心自己的身體健康。

在最後一段的「結論」中，作者提到，戒菸後：

I can enjoy clean air again, people are friendly toward me, I have more spending money, and my cough is gone.

這句短短的話非常重要，因為它**依序呼應了上一段「內文」中所有的論點：**

(1) I can enjoy clean air again

（我可以重新享受乾淨的空氣。）

(2) people are friendly toward me

（別人對我友善起來。）

(3) I have more spending money

（我有較多的零用錢。）

(4) my cough is gone

（我咳嗽的毛病不見了。）

非常工整而漂亮的寫法，不是嗎？而且這篇短文「結論」所用的寫法應該是我們上面所講的四種形式的第一種：「**整理摘要及提供省思**」！

文章的翻譯

戒菸

（導論）經過幾年的努力，我終於在八個月前戒菸了，以下是幾個使我戒菸的好理由：

（內文）話說從頭，我對菸味感到厭煩。我的頭髮不好

聞、我的口氣總是酸酸的、而且我的宿舍總是聞起來像尼古丁。第二，當別人對我的香菸產生反感時，我會感到不安。完全陌生的人會給我白眼，而且從我身邊移開。甚至我女朋友也開始躲避我。再者，香菸也越來越貴。我估計我花在抽菸的錢，一個月超過一百美金。然而，最重要的理由是，我開始擔心自己的身體健康。我不介意自己小小的咳，不過我真的很怕老了以後的健康問題，例如癌症及心臟方面的疾病。抽菸的樂趣再怎麼說，也抵不過身體健康的代價！

（結論）現在我既然已經戒菸，我可以重新享受乾淨的空氣、別人對我友善起來、我有較多的零用錢、而且我咳嗽的毛病也不見了。生命真的是比較享受！

要怎麼收穫、便那麼栽

　　在這一章的最後，我們要談談「閱讀」與「寫作」的關係。

　　在教學時，很多同學常常一開始跑來問我：「老師，我要怎麼閱讀才會有效？」等我費了一番唇舌講解清楚後，過一陣子這一批同學又會一個接著一個跑來問我：「老師，英文作文到底要怎麼寫才能寫得內容豐富、寫得長？」這時我往往會很喪氣：「唉呀，不是有句話說，**要怎麼收穫、便怎麼栽**！所以說，**要怎麼閱讀、便那麼寫；要怎麼寫、便那麼閱讀**！」

　　的確，「閱讀」與「寫作」其實像**學生姊妹**一般，關係親密，無法分離。為什麼呢？因為你閱讀的東西越多，寫作時能從閱讀那裡「偷」到的句型、單字也越多。這些東西或許不是**有意識偷到**的，但所有很會寫作的人都可以作證：他們「嗜讀成痴」！我教的英文作文寫得很好的同學也都指證歷歷：「有時候我下筆時，會莫名其妙的寫出一些連我自己都確定沒『背過』的精采句型，努力想才想起，『啊，原來是前幾天在某篇文章中看到的東東！』」

同樣的，如果你知道一般人閱讀英文的習慣，在下筆寫文章時，便也可以抓住讀者的心理，利用好的文章結構，寫出引人入勝的作文。

怎麼說呢？

記不記得國中時，老師耳提面命的「國文作文聯考教戰守則」？

⋯「千萬要記得，開頭第一段一定要好好寫，如果沒時間寫完整篇文章，無論如何要先把最後一段寫好，尤其最後一句，一定要寫完！」⋯

這幾年來，我參加過許多次英文作文的閱卷工作，在閱卷之餘，曾偷瞄過其他老師閱卷時的「眼球運動」。果不其然，在時間的催逼下，許多老師閱讀同學作文的「流程」如下：

1. 導論（第一段）：整段看完。
2. 內文（中間的一段、兩段、或三段）：閱讀每一段的第一句話，其他的瀏覽或跳過。
3. 結論（最後一段）：快速看完整段，確定整篇文章有寫完。

運用這個原則，你如果想要讓自己的文章能在短時間抓住讀者或評分老師的心，便要把握下列原則：

1. 第一段一定要非常仔細寫，確保沒有任何拼字錯誤或文法錯誤。
2. 中間每個段落的第一句非常重要，一定要是一個段落的重點。
3. 最後一段的結論不用太長，但一定要寫得漂亮，且一定要寫完。

可見英文寫作不是件簡單的事，不可以腦袋空空便下筆，也不可以隨心所欲想到哪，寫到哪。**怎麼讀，就怎麼寫**！講完了「閱讀」這個孿生姐姐，讓我們一起去看看她的孿生妹妹：「寫作」！ ■

玟 君英文箴言錄

- 閱讀英文讀物最重要的條件，便是「愛其所讀、讀其所愛」。

- 在閱讀時遇到不懂的單字時，最好不要馬上查字典，而是一邊「猜」、一邊繼續讀下去。「猜」的時候，你可以根據這個生字所在的句子或段落附近，試試看可否找到「同義字」。

- 看中文不查字典，看英文為什麼要查字典？同樣是閱讀，只是語言不同罷了，為什麼要因為語言不同而改變閱讀方法呢？

- 提升閱讀能力的好方法是找一堆對自己而言「有點難，又不會太難」的「有趣的 $i+1$」讀物來自我挑戰。

- 若要增進英文單字的能力，便應該依照自己的「興趣」或「專業」廣泛的閱讀。

- 閱讀時千萬不要刻意將句子拆得支離破碎，因為這樣會大大打破閱讀的樂趣。你最好只要求自己了解大部分的文意，並且可以快速閱讀。

◇ 英語補給站 ◇

Six Degrees of Separation
天涯若比鄰

有沒有這種經驗：你去參加一個朋友的喜宴，跟隔壁的阿伯聊起來，發現他是你高中同學的舅舅的拜把？或者你最痛恨的主管，竟然是你男朋友的老闆的親弟弟？或者那天你在公園踢的那隻狗，竟是你女友鄰居的小孩所養的？

英文有一個 expression，就是講到人與人這種看似疏遠、實則緊緊相連的關係：six degrees of separation，「六度的分離」。Six degree of separation 的概念是由耶魯大學的心理學家 Stanley Milgram 在 1967 年所提出來的，意思是說，全世界的任何兩個

人，例如你和阿扁總統之間、我和帥哥 Tom Cruise 之間，**彼此聯繫的關係不會超過六層！**

　　也就是說，如果我們把兩個身處亞洲與非洲、相差十萬八千里的人，利用他們彼此的朋友、或是其他關係連接起來，在六層關係之內，一定可以找出這兩個陌生人之間的關聯。聽起來是不是很詭異？不過這個理論似乎已受到很多實驗的證實哦！

　　有興趣的話，你可以上去下面兩個網站玩一玩，女同學也可以上去找一下你和威廉王子的關連哦：

http://smallworld.columbia.edu

http://aries.mos.org/sixdegrees/

◇ English Wonderland 英語歡樂園 ◇

Female Comeback

1. Man: Haven't I seen you someplace before?

   Woman: Yes, that's why I don't go *there* anymore.

2. Man: Is this seat empty?

   Woman: Yes, and *this one* will be if you sit down.

3. Man: Your place or mine?

   Woman: Both. You go to yours, and I'll go to mine.

4. Man: Hey baby, what's your sign?

   Woman: "Do Not Enter."

5. Man: How do you like your eggs in the morning?

   Woman: Unfertilized.

6. Man: Your body is like a temple.

   Woman: Sorry, there are no services today.

7. Man: I would go to the end of the world for you.

   Woman: But would you stay there?

　　當女生真的很可憐，每天處在一堆虎視眈眈的「雄性動物」中，面對異性不懷好意的口頭騷擾，還真不知該如何自保！嘿！姊姊妹妹們別煩惱了，看完了這則「女性反擊」的笑話後，下次你遇到同樣無聊的男生來搭訕時，便可以如法炮製「虧回去」！

雄性：小姐好眼熟，我肯定在哪裡見過妳！

雌性：是啊，這就是我再也不去「那裡」的原因了！

雄性：（指著女生旁邊的座位）這位子是不是沒人坐？

雌性：是呵，如果您坐下來，（指著自己的座位）「這個」位子也會沒人坐！

雄性：去妳家還是我家？

雌性：都去——你去你家、我去我家！

雄性：嘿，親愛的，妳啥星座？

雌性：「請勿進入」。

sign 在此為雙關語，可當「星座」及掛在門口的「招牌、標誌」解。

Hey baby,
what's your sign?

DO NOT ENTER

雄性：早上起來妳想吃煎蛋、炒蛋、荷包蛋、還是水
　　　煮蛋？

雌性：沒受精的「蛋」！

　　　　許多雄性為了表示體貼，會在一夜
情的隔天煮早餐取悅女性，美式早餐中
「蛋」的煮法有許多種，不過在這裡，egg 是個
雙關語，可當「蛋」及「女生的卵」，因此這聰
明的女生便故意用「沒受精的卵」來暗示這雄
性：我根本不會跟你「炒飯」！

雄性：妳的身體神秘如寺廟！

雌性：對不起，本寺今日公休。

雄性：我願為妳到世界的盡頭！

雌性：好，可否請您待在那兒別回來？

寫作

- 為什麼老師總說我的英文作文沒結構？

- 文章怎樣可以寫得長？

- 英文作文有沒有「起、承、轉、合」？

- 為什麼我的作文總是「滿江紅」？

- 要寫好英文作文，是不是要背範文、背名句？

在英文聽、說、讀、寫四項能力裡，令最多台灣同學頭痛的應該就屬「寫作」了。一般人一聽到要寫英文作文，或工作上需要交英文報告，通常是一個頭、兩個大。為什麼呢？因為大部分人在日常生活中用英文寫作的機會並不多。

以前有些人還用傳統、較正式的書信做商務上的往來溝通，現在科技發達，很多人都利用「伊媚兒」與外國客戶溝通，但是 email 英文與一般正式的英文不一樣，在 email 中，犯下文法或拼字的錯誤是很容易被理解的，因為 email 的本質就是求快、求簡潔，有時候你寫得太正式、太冗長、甚至在信末加上 yours sincerely 這種正式書信才會出現的字，反而會被譏為不上道呢！

撇開那種較不正式、速食般的 email，你到底要怎麼練習，才可能將英文作文寫好？我誠心的建議是：

多寫、多寫、再多寫！

怎麼樣，蠻有建設性吧！

至於英文寫作除了「多寫」，有沒有可以讓你寫作功力大增的好撇步呢？其實有的，這也是我們這一章的目的。讓我們先列出一般人在寫作上「痛苦指數」最高的三個項目：

❖ **文章寫不長**，無論如何抓破頭皮、懸樑刺骨、搓鬍撚鬍，就是擠不出幾個句子。
❖ **不了解英文作文的格式**，寫時毫無章法，事後常常自己讀了也一頭霧水。
❖ **英文造句能力弱**，雖有好的想法，常不知如何用正確的英文句子表達。

以前有一個有名的語言學者 Robert Kaplan，他在 Contrastive Rhetoric（對比修辭學）理論中提到，因為東西方文化、思維方式的不同，西方人在英文寫作中段落的發展是直線式的（亦即文章一開始即直接了當將主題點出，再依次闡述），而東方人的段落是迂迴式的（亦即旁敲側擊、廢話一堆，不直接進入主題）。

雖然他的理論受到後人許多的批評及反駁，但不可否認的，我們習慣的寫作方式，尤其是正式文章的寫作結構與思維，與一般西式英文的寫法還是有不同之處。今天我們既有心

學好英文作文，便必須徹底瞭解英文寫作的模式，以便「知此知彼，百戰百勝」！

寫作的三大最高指導原則

首先，讓我們開宗明義，瞧瞧英文寫作的三大最高指導原則為何：

一、統一性（Unity）：所謂的「統一性」，是指「一篇文章應該有一個、而且只有一個最主要的中心思想」。

什麼意思呢？如果今天你要寫一篇有關「有效減肥的三個方法」的文章，那你無論如何寫、例子如何舉，都必須與減肥的相關議題有關。如果你今天在文章中寫了這麼一句話：「台灣人每個人持有手機的比率居全球第一」，或者「大陸偷渡客猖獗，除台灣外，美、日、韓等國家也都深受其害」，那麼你這篇文章就沒有「統一性」，而且十之八九會離題（除非聰明的你可以掰得出手機與減肥、偷渡客與減肥的關係）！

好，一篇文章本身的「統一性」很重要，同樣的，一篇文章的每一個段落，尤其是「內文」的部分，一定也要「一個段

落一個主題」（而且這個主題通常出現在段落的第一句），不可拉拉雜雜、扯一堆有的沒有的。

說來不怕你笑，我小時候也常為寫不了長篇作文而煩惱，有一次作文題目是 My Summer Vacation，我便寫了一些自己與同學成天在 MTV（就是一堆人躲在一個包廂裡看一部電影啦）和西門町鬼混的經過，結果在最後一段，一時技癢，寫了一句八股成語，心想一來可以向老師炫耀一下自己的英文能力，二來也可以佔些篇幅。

沒想到作文發回來，老師把那句話圈起來，在上面打了個大叉叉，旁邊斗大的紅字寫著：「**文不對題、弄巧成拙**」，看得我欲哭無淚、小小心靈受到極大的創傷。

以下就是我當年那篇作文的最後一段，你看得出來哪一句話破壞了文章的統一性嗎？

In summary, I had so much fun this summer
touring around Taiwan, watching old movies,
and playing with my friends. When the summer

started, I was so worried that I could have to stay home studying for next year's Entrance Exam, but now I am really happy that I have done so much in these two months. "When there is a will, there is a way," I will never forget my last summer vacation in high school.

（答案："When there is a will, there is a way."）

　　不過也由於那位老師的嚴格教導，我從那次起再也不敢為了增加字數而濫竽充數、雞同鴨講。因此在完成主題句後，你接下來每寫一句便要捫心自問：

「這句話與我這段的主題句有關嗎？」
「我是在湊字數嗎？」
「我寫這句話是不是對得起自己的良心？」

　　如果這三個問題的答案依序是「沒有」、「是」、「不是」，很抱歉！請你忍痛刪掉那句廢話。老實說，在我改過許多學生的作文裡，最頭痛的就是面對那種篇幅很長，看似言之成理，

細看才知道到處是借來的「成語」、「典故」的那種文章！

這些年我改遍各大英文考試的考卷，包括大學聯考、學力測驗等，總會在一本三、四十份的卷子裡，看到好幾次的 As the new millennium approaches...（在邁向下一個世紀之際…），With the advancement of technology...（由於科技的進步…），甚至 Better late than never.（亡羊補牢猶未晚）、The early bird gets the worm.（早起的鳥兒有蟲吃）、Actions speak louder than words.（事實勝於雄辯）、All work and no play makes Jack a dull boy.（只工作而不娛樂，會使人變得遲鈍）、As you sow, so shall you reap.（種瓜得瓜，種豆得豆）…。雖然這些都是同學苦背的精心傑作，但如果不分青紅皂白濫用，便會讓人覺得很沒創意，甚至弄巧成拙哦！

二、支持性（Support）：英文寫作的第二大指導原則是，「文章中每一個論點或主題，都要有很明確的支持它的細節或例子」。

　　大部分同學寫作時，通常只有「論點」，沒有「支持」。舉「有效減肥的三個方法」的例子來說，你可能認為，比起吃減肥藥及運動，「抽脂減肥」雖然很有效，但因為涉及手術，所以危險性也最高。好，如果你寫了這麼一句：

Liposuction is the most effective of the three weight loss methods, yet the most dangerous.

抽脂減肥是三種減肥法中最有效、但也是最危險的。

之後什麼東西也沒有寫，很多讀者一定會問：「你憑什麼那麼確定？」所以你在那句話後一定要有可供佐證的例子或數據，不然空口說白話，誰信你呀！因此，如果你在這句話之後補上一句：

According to the U.S. Food and Drug Administration, some studies indicate that the risk of death is between 20 and 100 deaths per 100,000 liposuction procedures.

根據美國「食品及藥品管制局」，每十萬件抽脂手術中，就有二十到一百個致死的案件。

瞧，氣勢就完全不一樣了！而且加了這一句話，文章長度無形中又加長了一些，真是一舉數得啊！

所以說寫文章時，在你的每一句論述後，最好都加些例子，這樣一方面可以取信於讀者，一方面也可以增長篇幅。別忘了，這些例子除了是一些有憑有據的數據，也可以是你個人

的親身經歷及個人意見，或是奇聞軼事，研究報告，統計資料，專家意見等等，只要能讓你的論述看起來更有份量、更有誠信，你都應該寫上去。

以「有效減肥的三個方法」為例，如果你在提出三個減肥法之後，各舉出它們的好處及壞處，或者是在每個減肥法後，詳細敘述你個人不同的減肥經驗，以及它們的有效程度，那麼這篇文章絕對可以洋洋灑灑，內容豐富。

三、連貫性（Coherence）：所謂「連貫性」，就是「一篇文章的結構必須有一致性」。

例如，如果你要寫一篇「我的求學經驗」的文章，那你寫作的流程必須是「國小——國中——高中——大學」，或者「大學——高中——國中——國小」（雖然這樣寫的人很少）。你不可以寫成「高中——小學——國中——大學」，因為這樣一來文章的一致性就會被打亂。

另外，如果你今天要寫一篇「陽明山一日行」的文章，你的作文流程應該是「早上——中午——下午——晚上」，而不會是「下午——早上——晚上——中午」。瞭嗎？

為了讓寫的文章結構含有連貫性，我們比較常用的組織方式有下列幾種：

（一）時間順序（time order）：如果我們今天寫的文章是與時間的推移有關，則我們需按照時間發展先後次序描述（無論是**由前往後**、或**由後往前**描述）；除非我們需**強調某一時間發生的事**，否則最好不要做跳躍式描述。

（二）空間順序（space order）：如果我們今天寫的文章是與空間的推移有關，則我們需按照空間發展次序描述，如**由左至右、由近到遠、由上到下、由後到前**…等；除非**需強調某一空間**，否則最好不要做跳躍式描述。

（三）重要性排序（emphatic order）：如果我們今天寫的文章要提到一些論點、理由、陳述、例子…等，則我們通常是將自己覺得最重要的論點、理由、陳述、例子…等等**放在最後**。

　　舉例而言，如果你要列舉你最喜歡的三位歌星（最喜歡<u>周杰倫</u>、其次喜歡<u>孫燕姿</u>、再其次喜歡<u>蔡依林</u>），並說明你喜歡他們的理由，這時你便可以先寫<u>孫燕姿</u>、再寫<u>蔡依林</u>、最後寫<u>周杰倫</u>。又如果我們今天要寫「找工作的三大指導原則」便可以這麼排序：事少——離家近——錢多，表示我們最重視「錢多」、再來「事少」、最後才是「離家近」。這就是所謂的「重要性 2-3-1」（次重要、次次重要、最重要）排序法。你要學起來哦！

（四）**歸納法**（inductive reasoning）：指的是**由「特定細節」推論到「一般通則」**。利用這種邏輯推理方式寫作文的人，通常藉著一系列的例證來歸納出結論。舉例來說，如果你想寫一篇論證「酒後駕車」的文章，便可以舉出許多實例或數據（此為「**特定細節**」），說明很多駕車肇事者，事後均被發現喝酒過量，之後歸結出酒後開車的危險性（此為「**一般通則**」）、倡導駕駛者酒後不應開車，此即採用歸納法寫作的方式。

（五）**演繹法**（deductive reasoning）：指的是先立下「一

般通則」，再進行到支持此一通則的「細節」。利用這種邏輯推理方式寫作文的人，通常一開始即採取某個已被大眾普遍接受的立場或觀點，再將本身的論點與之結合。舉例來說，如果你想寫篇文章告訴讀者吸毒的壞處，便可以先提出一個已被一般人接受的觀點，例如「吸毒和身心耗弱有關係」，闡述「一個人若吸毒…」與「則身心耗弱」兩者的相關性，藉此說明吸毒者可能染上的問題，此即採用演繹法的方式。

（六）因果關係（cause and effect）：利用這種方式寫作時，通常會先敘述某一事件的「果」，然後再敘述其「因」（有時也有先敘述「因」，再敘述「果」的文章，但比例上較少）。舉例來說，如果你想寫一篇有關時下年輕人的文章，便可以先在文章一開頭說：「我認為七年級生是草莓族」（此為「果」）然後再一一列舉為何七年級生成為草莓族的理由，例如：父母寵愛、同儕壓力、社會價值觀的改變等（此為「因」）。

（七）類比及對比（compare and contrast）：很多人常以為「類比」與「對比」兩者相同，事實上「類比」比較的是兩個事物的共同點、而「對比」則是比較兩個事物的不同點。如果你今天要比較「傳統發電廠」及「核能發電廠」的優缺點，這時你便可以先從政

治、經濟、環境三個角度敘述「傳統發電廠」的優缺點，之後再一樣從政治、經濟、環境三個角度敘述「核能發電廠」的優缺點。

在這裡我要強調，上面列出來的這些文章組織方式並不是一成不變的，它們彼此之間也不是涇渭分明，事實上很多作者常在一篇文章中用到**不只一種**組織發展方式（例如「時間順序」加上「因果關係」），所以寫作時，你可以將每種方式單獨的好好練習，也可以將幾種方式聯合起來使用。

寫作的五大步驟

看完了寫作的「三大最高指導原則」，讓我們來瞧瞧寫作的「五大步驟」。我相信你若看完這一部分，以前寫作時最常遇到的問題（文章寫不長、不了解英文作文的格式、不知如何用正確的英文句子表達自己的想法）都可以迎刃而解！

要注意的是，下面所列的步驟可能在你的學校作文課中很難做到，因為學校老師通常要求學生在一定時間內（而且是很短的課堂時間）寫完一篇指定題目的作文，不准許學生將作文

帶回家慢慢構思。我個人認為這樣的練習對應付考試雖有幫助，但對同學實際寫作能力的提升卻沒有太大的幫助。為什麼呢？

因為寫作能力的培養是日積月累的，人的靈感也不是如自來水般，說來就來、說有就有。況且寫作的人在完成一篇文章後，還需要讓自己「沉澱沉澱」，之後再回頭修改前幾天、甚至前幾個星期寫的作品。信不信，很多好的靈感可能會在那時出現哦！

所以說作文這件事真的急不得！尤其現代人寫文章，除非寫的是自傳或散文、小說，很多時候都必須向外尋找資料、數據、參考書等，這種功夫不是坐在課堂上一、兩個小時就可以完成的。

所以我教作文時，通常都會讓學生有兩個禮拜的時間慢慢去完成，當然，我也會要求學生們按以下的步驟一項一項去做。老實說，同學經過這樣「慢工出細活」的磨練後，寫出來的文章品質真的不同凡響哦！

說了一大堆，現在讓我們一起瞻仰一下寫作的五大步驟：

一、寫作前的活動 （Pre-writing）

二、計畫及組織——列大綱法（Planning and organizing --Outlining）

三、開始正式寫作 （First draft）

四、修訂（Revising/editing）與校正 （Proofreading）

五、定稿（Final draft）

第一步、寫作前的活動

你可能很狐疑：寫作就寫作嘛，又不是寫毛筆字，要事先加水、磨硯台，為什麼還有事前的活動呢？其實寫作前的活動可重要了！因為它所需的時間雖然不長，卻往往能夠決定你的作文是不是內容豐富、切中要旨，還可以幫你將作文寫得有組織、有結構、完全 professional 哦！寫作前的活動通常包括下列四種：

（一）自由隨想法（Freewriting）

什麼是自由隨想法呢？就是當老師出一個作文題目給你時，你便坐下來，拿出一支筆，開始用英文寫作，想到哪、寫到哪。如果你寫得很快，又是用英文寫，可能在造句時會有一些文法或拼字上的錯誤，沒關係，不要停下來，也不要急著去分析組織它，反正就儘量想到什麼，寫什麼！這個方式是要讓

你習慣用英文寫句子，並且在快速書寫的同時，激發其他與作文題目相關的靈感。以下是我的一個學生 Sandy 在做自由隨想法時寫的東西，題目是「減肥」：

I have try many ways to lose ways in my life. When I was in high school, I don't eat much. I faint one day and scared, so I decide to try something else. I drink a special tea （my mother got it from Chinese doctor）. It was very biter, so I decide to give up. I also try jogging in the morning everyday. I jog 4 month, but one day I was hitted by a motorcycle. I stay in the hospital 2 weeks, and after that my mother don't want me to run again. In university, I enjoy the gym with my classmates, so now we go there 3 days a week...

你可能已注意到 Sandy 的隨想裡有一些文法及拼字的錯誤，但沒關係，這個方法的目的在於觸發寫作的靈感，文法及拼字正確與否不是這個方法的重點。

從 Sandy 所寫的東西來看，她對減肥一定有很多親身的經歷，因此或許她可以考慮試著寫一篇**關於自身減肥經驗**的文章。

（二）自我提問法 （Questioning）

這個方法真的是蠻好用的，因為它可以幫助你在寫作前針對作文題目做多方面的考量。什麼是「自我提問法」呢？「自我提問法」就是你在遇到一個作文題目時，先「自問自答」以下這幾個與題目有關的「6-W 問題」：Why? When? Where? Who? What? How? 如果你每次在看到作文題目後，利用這種自問自答的方式構思，我相信你所寫出的文章便會很周全喔！以下是 Sandy 根據減肥這個題目做的「自我提問法」練習：

Why: （自己問）Why do people like to lose weight?

（自己答）Answer: (1) to look good,

(2) to stay healthy,

(3) to be confident in themselves

How: （自己問）How do people lose weight?

（自己答）Answer: (1) diet,

(2) exercise,

(3) surgery

When: （自己問）When did people start to be conscious about losing weight?

（自己答）Answer: unknown （不知）

Where: （自己問）Where can you go jogging to lose weight in Taipei?

（自己答）Answer: Riverside Park, campus

Who: （自己問）Who need to lose weight?

（自己答）Answer: unknown（不知）

　　從 Sandy 列舉出來的 6-W 問題，同學可以看出來她對 When、Where、Who這幾個問題的答案並不是很清楚，所以當她正式決定寫一個有關減肥的題目時，她**最好就不要寫到那些她不懂的話題**。

　　要注意的是，每個人因為個別差異，列舉出來的 6-W 問題也會不同，所以你可以多列一些問題，再一一做回答，看自己可以想出多少東西，然後再將這些東西加以排列組合，這樣寫出來的東西就不會內容空乏。

（三）列舉法（Listing）

　　這個方法又叫做「**腦力激盪法**」（Brainstorming），什麼意思呢？就是在你在一張紙上**列出所有你可以想得出來的、跟題目或主題有關的東西**。這些東西不是句子，而是一個字、一個詞、或幾個字的片語…等，你也不需急著將這些想法排序或是組織起來，反正就是儘量列得快速，不要停。

寫作時，我個人蠻喜歡用列舉法，因為它可以幫我在思緒跑掉之前，很快速的記下一大堆腦筋裡浮現的雜七雜八的想法。不瞞你說，我通常是先用這個方法列出所有與題目有關的東西後，再用等會要講的「列大綱法」來幫助我列出美不勝收的文章架構。

我們先來看看 Sandy 是如何利用「列舉法」來寫減肥題目的：

- take pills
- drink herbal tea
- exercise
- jogging
- swimming
- gym
- skip lunch
- low fat milk
- drink water
- calorie
- cake/cookies/chocolate
- spending a lot of money
- safe ways to lose weight
- smoke
- drink black coffee
- yoga
- diet coke
- artificial sugar
- chicken breast
- yogurt
- herbal tea
- ...

Sandy 列出的東西還有很多很多，不過從上面的東西我們可以看出，她對減肥時所該注意的飲食了解不少，所以她應該可以寫一篇**關於飲食減肥應注意事項**的文章。

（四）畫圖法（Mapping/Diagramming）

畫圖法可以說是我最愛的構思方法了，因為它既清楚又明白，也很符合我愛隨手塗鴉的習慣。畫圖法又稱**圖表法**（diagramming）或**叢集法**（clustering），這個方法對凡事需要用「視覺」來想問題的人最有幫助。

怎麼進行畫圖法呢？首先你必須找一張白紙，然後在紙的正中間畫個圈圈，寫下作文的主題，然後根據腦中出現的字、詞彼此間的關聯性，將這些想法各自分成一叢一叢的。這種方法的好處是可以讓你很清楚的看出不同 idea 間不同的關聯。最重要的，你可以從這些像是大樹枝幹的叢集中找出最多枝幹的（即代表你可以想出最多點子的），將之發展成一個段落，甚至是一篇文章。對於那些畫不出什麼圈圈的枝幹，你就可以捨棄不用。

讓我們來看看 Sandy 的圖表減肥：

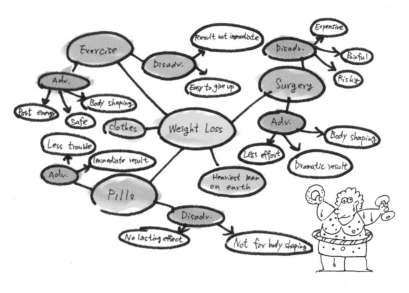

　　由此可知，Sandy 對於「不同減肥方式的好壞處」真的有許多想法，所以當她寫文章時，就應將重點方向擺在這方面，而非放在只有一根枝幹的「衣服」（clothes）或「世界最重的人」（heaviest man on earth）上面！。

第二步、計畫及組織——列大綱

　　你運用完了上述的一種或幾種構思方法後，應該已經對所要寫的題目有許許多多的想法及點子，可以開始進入到下一個階段：列大綱。請注意！這個階段雖還不到真正寫文章的時候，但卻是**最重要、萬萬不可忽略的階段**。

　　在知道如何寫 outline（大綱）前，讓我們再來複習複習

一篇文章基本的結構圖。要注意的是，這種結構並**不見得**適合用來寫散文或小說，因為散文小說這種較隨性、天馬行空的文體通常沒有固定的寫作文體。這邊所講的文章基本結構圖是比較適合你在考試或正式寫作中會遇到的「應用文」、「說明文」、「論說文」、「描寫文」…等，所以你一定要學會。我保證靠這一招半式，你就可以行遍天下，任何題目都難不倒你了！

文章的結構：「一、三、一結構」

題目（Title of the Essay）

· 導論（Introduction）

> 開場白（Opening statement）
>
> 命題句（Thesis statement）

· 內文（Body）

> 主題句一（Topic sentence 1）
>
> 支持主題句一的細節（Supporting details）

> 主題句二（Topic sentence 2）
>
> 支持主題句二的細節（Supporting details）

主題句三（Topic sentence 3）

支持主題句三的細節（Supporting details）

· 結論（Conclusion）

摘要或其他方式的結尾

（Summary or other closing remarks）

知道了文章的基本結構後，你可能會問，這個結構與 outline 有何關係？事實上，這個文章結構中的「內文」部分與 outline 大有關係。除非你下筆如神，不然你的內文要寫好，還非得靠好的 outline 才行呢！

其實文章的大綱就像是**支撐人體的骨架**。骨架負責將我們龐大的身軀撐起，讓我們經由透視對身體內部一目了然，也使內部的器官得以各在其位、各司其職。文章的大綱也有這種作用；由於它次序井然，因此可以幫助我們了解整篇文章的組織結構，對於較長或較複雜的文章尤其有幫助。

讓我們瞧瞧 Sandy 根據她之前的 pre-writing 活動所做成的 outline。 雖然有點複雜，卻很有組織條理喔！

題目：Three Common Ways of Losing Weight（三種常見的減肥法）

命題句：In my opinion, there are both advantages and drawbacks to the three common ways of losing weight: exercise, diet, and surgery.（三種常見的減肥法各有其優劣）

大綱：

1. Exercise（運動）

　(1) advantages:（好處）

　　a. safe（安全）

　　b. good for body shaping（有助改善身體曲線）

　　c. boost energy and overall health（有助於精神及整體健康的提振）

　(2) drawbacks:（缺點）

　　a. result not immediate（成果非隨即可見）

　　b. easy to give up（不易持之以恆）

　　c. hard to find time and space（很難找到合適的時間、空間從事運動）

2. Taking pills（吃成藥）

　(1) advantages:（好處）

a. less trouble（方便、不麻煩）

b. immediate result（成果立即可見）

c. less time and space limitation（沒有時、空的限制）

(2) drawbacks:（缺點）

a. less safe; harmful to the health in the long run（長期對身體可能有害）

b. no long lasting effect（效果無法持久）

c. not for body shaping（無助於改善身體曲線）

3. Surgery（手術、抽脂）

(1) advantages:（好處）

a. dramatic result（效果明顯）

b. less effort（較不需額外費心）

c. good for body shaping（有助改善身體曲線）

(2) drawbacks:（缺點）

a. expensive（昂貴）

b. risky（危險性高）

c. painful recovery after surgery（手術後復原過程艱辛）

現在我們將 Sandy 的這個架構放回之前的「一、三、一結構」中，再加上「**導論**」及「**結論**」，便是一篇天下無雙、宇宙無敵的文章了！不信請看：

題目：Three Common Ways of Losing Weight

導論：

（開場白）

（命題句）In my opinion, there are both advantages and drawbacks to the three common ways of losing weight: exercise, diet, and surgery.

內文：

（主題句一）There are both good and bad aspects of doing exercise to lose weight.

（支持細節）

(1) Advantages:

    a. safe

    b. good for body shaping

    c. boost energy and overall health

(2) Drawbacks:

    a. result not immediate

    b. easy to give up

    c. hard to find time and space

（主題句二）The advantages and disadvantages of taking pills for weight loss are as follows:

（支持細節）

(1) Advantages:

    a. less trouble

    b. immediate result

    c. less time and space limitation

(2) Drawbacks:

    a. less safe; harmful to the body in the long run

    b. no long lasting effect

    c. not for body shaping

（主題句三）Having liposuction has its strong and weak points as a method for losing weight.

（支持細節）

(1) Advantages:

    a. dramatic result

    b. less effort

    c. good for body shaping

(2) Drawbacks:

    a. expensive

```
    b. risky

    c. painful recovery after surgery
```

結 論：
```
    （摘要或其他方式的結尾）
```

現在請你自己練習做做看。以下是兩篇文章的 outline，但是次序被打亂了。你能否將它們組織回去？

文章一

主題句：The University I attend has three major problems.

Involved with drugs	a. _____
Small tennis court	(1) _____
Students	(2) _____
Old baseball field	(3) _____
Unfriendly with students	b. _____
Cheat on tests	(1) _____
Cut classes	(2) _____
Staff members	(3) _____

Facilities	c. _____
Unavailable to help	(1) _____
Ill-equipped auditorium	(2) _____
Too many red-tapes	(3) _____

文章二

主題句：I had a very bad experience working as a pizza deliverer last summer.

Only $100 per hour	a. _____
Working condition	(1) _____
12-hour shifts	(2) _____
No bonus for overtime	b. _____
Hours changed often	(1) _____
Always in a rush	(2) _____
Rude customers	c. _____
Wage	(1) _____
Dangerous riding motorcycle	(2) _____
Working hours	(3) _____

「列大綱」的答案如下：

文章一

主題句：The University I attend has three major problems.

我唸的那所大學有三大問題

a. Staff members（職員）

   (1) Unfriendly with students（對學生不友善）

   (2) Unavailable to help（無法幫助學生）

   (3) Too many red-tapes（太多官僚）

b. Students（學生）

   (1) Involved with drugs（吸毒）

   (2) Cheat on tests（考試作弊）

   (3) Cut classes（蹺課）

c. Facilities（設施）

   (1) Ill-equipped auditorium（禮堂設備不好）

   (2) Old baseball field（棒球場很舊）

   (3) Small tennis court（網球場很小）

文章二

主題句：I had a very bad experience working as a pizza deliverer last summer.

（我去年夏天當比薩送貨員的經驗很糟）

a. Working hours（工時）

   (1) 12-hour shifts（12 小時輪班）

   (2) Hours changed often （上班時間常改來改去）

b. Wage（薪水）

   (1) Only $100 per hour（一小時只有 100 元）

   (2) No bonus for overtime（沒有加班費）

c. Working condition（工作環境）

   (1) Dangerous riding motorcycle（送貨時騎機車很危險）

   (2) Always in a rush（常常趕來趕去）

   (3) Rude customers（顧客很無理）

第三步、正式寫作

你在學會列大綱之後，便可以開始將整篇文章組織起來，一步步完成它。通常我的作法是將列好的大綱放在桌子上，**一邊對照參考大綱、一邊寫作文**，如此一來文章便不會有任何遺漏。

你可能會有點狐疑，到底一篇正式的文章包含哪些部分？其實我們一般所說的傳統的文章，通常指的是五百字左右、包含一段導論、三段內文、一段結論的文章（這就是「一、三、一結構」的由來）：

（一）導論 Introductory Paragraph ：一段

（二）內文 Body/Development ：二到四段，通常為三段

（三）結論 Concluding Paragraph ：一段

現在讓我們一項一項來看：

（一）導論

導論的功用如下：

(1) 抓住讀者的興趣及注意力，吸引他們繼續讀下去。

(2) 提供讀者了解整篇文章的背景資料，好讓讀者大致知

道此篇文章在掰些什麼。

(3) 引導出文章最、最、最重要的「命題句」(「命題句」
是一篇文章的靈魂,通常出現在導論這一段的結尾處)。

(4) 暗示文章接下來發展的結構(這部分可有可無)。

知道了導論的功用,現在我們來看看導論長什麼樣子。導
論通常包括兩部分,一是開場白,一是命題句。

A、開場白

你喜不喜歡聽演講?看不看國內外的頒獎典禮?你記不記
得演講者或頒獎人開頭第一句話講什麼?第二句話講什麼?大
家是不是一開始 Ladies and gentlemen, ... 然後就直接進入主題
呢?**非也**!因為如果一打完招呼就直接開始報題目、講正題,
大部分的聽眾往往會搞不清楚狀況,而且也會覺得這個講話的
人很無趣。所以台上的人通常都會先扯些有的沒的,這些有的
沒的東西就叫做「開場白」。

如果是美國人的話,這時就最愛講幾個
笑話當做「破冰」(ice breaker)。

不過開場白在作文裡也不盡然是些瞎掰的東西，因為它的主要目的是為了引導出「命題句」，也就是我一再強調的、一篇文章中最重要的東西，所以很多時候開場白跟主題其實是息息相關的。

開場白的作用及寫法

一般的開場白的寫法千奇百怪，說穿了不過是要引起讀者對文章的興趣。所以你在寫開場白時，務求新鮮有趣！綜觀各種奇奇怪怪的開場白寫法，可以歸納出下面幾種：

(1) 利用令人驚訝、不可置信或迷惑的用語來引起讀者的好奇心：比如在寫全球盛行的「減肥」議題時，你可以寫：

In the ancient Tang Dynasty, plump women like Yang Kui-Fe are considered the most sexual and attractive.

在唐代，豐腴肥胖的女人，如楊貴妃，是最性感且有吸引力的。

這種「反面」的寫法通常會引起讀者的好奇，因為題目明明講減肥，為什麼會扯到胖女人很美呢？讀者只好繼續讀下去，一探究竟。

(2) **引用引人注意的數據**：比如在寫「抽脂減肥手術面面觀」時，你可以這麼寫：

Are you aware of the fact that 1 out of 1,000 patients having liposuction actually loses his or her life on the cold surgical table?

你知道每一千個動抽脂手術的人，就有一個死於冷冰冰的手術台嗎？

這種數據一寫出來，連我這個想減肥想瘋了的老師都不得不繼續唸下去！

(3) **使用問句**：在文章開場時，使用一個或一連串的問句，會增加文章的氣勢，也容易引起讀者的注意。當然，有時候你問問題的目的也為了要促使讀者去思考那個問題，如果是如此，你可以在接下來的文章中公布答案。比如說，在寫「熱量攝取」的文章時，你可以這麼寫：

Do you know how many calories a bowl of instant noodles has? A slice of bread? A 500cc bottle of orange juice? A glass of whole milk?

你知道一碗速食麵的熱量有多少？一片麵包呢？一罐 500cc 柳橙汁？一杯全脂牛奶？

先利用讀者的好奇心讓他們繼續讀下去，然後在下一段或文章的最後公布答案。

(4) 引經據典：「引經據典」的意思就是指，在文章一開頭利用書本或文章的某句話、引用家喻戶曉的諺語成語、使用某廣告的口號、描述親人朋友說過的某些話…等等來加強你想要闡述的重點；通常這樣做是為了要增加文章的「公信力」。例如你在寫一篇有關「飲食健康」的文章時，便可以用下面這句話當開場白：

A famous saying goes like this: "An apple a day, keeps the doctor away."

一個有名的俗語是這麼說的：「一天一顆蘋果，遠離疾病與醫生。」

(5) 利用故事笑話：在寫開場白時，你也可以利用與主題相關的故事笑話或奇聞逸事來吸引讀者的興趣。要注意的是，故事或笑話的長度不要太長、要有趣、也要與主題有

關。這些故事或笑話可以是你所知的（例如伊索寓言）、或是你在報章雜誌看到的、也可以是你個人親身的經歷。例如當你在寫「減肥方法」時，便可以在一開始描述你個人減肥的經驗、或減肥時曾發生的糗事，拉近你與讀者距離。

B、命題句

導論的一開始是開場白，那接下來呢？接下來當然就是「好酒沉甕底」、「好句沉段底」的命題句啦！

命題句的位置通常在第一段，也就是導論的比較後面的地方，作用是把整篇文章的主旨說出來。雖說它是如此重要，但它通常只有一句話哦！很多時候這句話說完了，第一段也就結束了。

有些較細心的（也可說是較龜毛的）作者，會在命題句下再加一句話，敘述第二段、第三段等內文的組織發展大綱，這個東西我們稱為 plan of development，但因為其他段落的組織發展讀者等會兒自己往下看就會知道，所以可有可無，你可以自己斟酌要不要寫。倒是如果你今天是在公司作簡報，或必須寫一篇比較長、結構比較複雜的文章，那這個 plan of development 就有需要哦！

命題句的寫法

前面說過，命題句是一篇文章的靈魂之窗，它引導了整篇文章的中心思想，因此命題句應該簡潔、切重要領，切忌含混不明。我們先來看看一般人寫命題句時常犯的四個錯誤：

(1) **重複標題：** 這是很多人在寫命題句時常會犯的錯誤。例如文章的標題是 My Favorite Movie（我最喜歡的電影），很多人的命題句就會寫：The subject of this paper is my favorite movie *The Sound of Music*.（這篇文章的主旨是我最喜歡的電影「真善美」）這樣的寫法只重複了題目，而沒有把你所要寫的、關於你最喜歡電影的**某幾個重要的面向**點出。而且讀者也不是沒長眼睛，你實在不需要把題目重複寫一次。那麼比較好的命題句應該是什麼呢？

The Sound of Music is my favorite movie because of its superb storyline, outstanding cast, and beautiful soundtrack.

我最喜歡「真善美」這部電影因為它有超好的劇本、超強的卡司、以及超美的配樂。

這樣寫，是不是比前面那一句具體、清楚多了？當然在接下來的三段內文中，你就要一一敘述這三點你喜歡「真善

美」的原因。

(2) **範圍太廣**：命題句若寫得非常籠統，讀者在讀完它後，仍舊不知道一篇文章的重點為何。例如以下兩個命題句就犯了範圍太廣的毛病：

My high school English teacher Ms. Ma has been the most influential person in my life.

The Internet has greatly changed people's lives in modern society.

你可以怎麼修改，讓它可以成為比較恰當的命題句？

My high school English teacher Ms. Ma has been the most influential person in my life, because she not only helps improve my English proficiency and boost my self-confidence, but she also changes my outlook on life.

我的高中英文老師馬老師不只提升我的英文程度、增加我的自信心、也改變了我對生活的態度。

The Internet has greatly changed many aspects in people's lives, including entertainment, communication, and transportation.

網際網路的發達已大大改變人民的生活，包括娛樂、溝通、與交通方面。

(3)太狹隘：命題句若寫得太狹隘，或者太「明顯」，會導致作者無法將所要的主題「擴展」出去。例如以下幾個命題句：

There are 67 cable TV stations in Taiwan.

台灣有六十七台有線電視。

There were more than thirty political protests in Taipei last year.

去年台北市有超過三十件的政治抗爭遊行活動。

The youngsters born in the 90's are referred to as "the strawberry generation."

在九〇年代出生的年輕人被稱做「草莓族」。

這些命題句平鋪直敘了一些事實，但並沒有預留空間讓作者可以繼續在內文發揮。這種命題句在英文稱作「死巷命題句」（dead-end thesis statement），就好像死巷子般，車子開到那裡就沒有出路，不知如何進行下去了。

(4) 包含一個以上的主題：寫命題句時若太貪心，一句話包含很多不相干、或相差太多的想法，不僅會讓讀者摸不著頭緒，也會讓作者接下來的文章很難控制。我們來看看以下兩句貪心的命題句：

The problem of too many colleges must be solved, and the Ministry of Education must deal with teacher's salaries being too low.

大學過多的問題必須解決，而且教育部必須面對教師薪水過少的問題。

PC games are very popular in Taiwan among teenagers, so are cell phones and comic books, but the last two are not good for the teens.

電動玩具在台灣青少年間很風行，手機與漫畫書也是，但是後面兩者對青少年來說並不適當。

請問：這兩句命題句的問題在哪裡？要如何修改呢？

第一個命題句包含了兩個有點相關、又不太相關的大主題：(1)大學過多的問題必須解決、(2)教育部必須面對教師薪水過少的問題。這兩個大問題可以各自發展各自成為一篇完整的文章，但如果放在一起，文章便會顯得很複雜（除非這是一篇很長的議論文），我會建議只選其中一個大問題來寫作。

第二個命題句中的電動玩具、手機與漫畫書本身並沒有很大的關聯性，而且在討論電動玩具在台灣青少年間「很風行」的同時，若要一併討論手機與漫畫書對青少年「並不適當」的問題，則有貪心的嫌疑，讀者會難以抓住整篇文章的重心。因此我會建議只討論「電動玩具在台灣青少年間很風行」這個議題。

討論完魚頭（導論）後，我們來瞧瞧好吃的魚身體（內文）。

（二）內文

　　很多同學常告訴我，他們寫英文作文時最怕寫中間那幾段，因為英文能力差，掰不出幾個句子，往往好不容易擠出第一段與最後一段的幾句話，就再也寫不出其他東西了！

　　其實你只要能利用上一節講過的大綱（outline）幫助你構思，先寫出每一個段落的「主題句」，再於每段的主題句後，寫幾個支持細節的句子，那麼文章的長度保證不會太短！

A、 支持細節

　　說到這個「支持細節」，很多同學在寫作時都會「自動」省略它，覺得一句話寫出來就寫出來，何必要去「證明」它？事實上我們不管寫什麼，都應該假設讀者們不一定懂我們的意思，或不一定同意我們的講法，身為具責任感的作者，我們便**必須在每一個段落主題句後，去舉些支持細節來幫助我們的讀者瞭解**，為什麼我們的主題句要那麼寫。

　　我們來看看下列這些不同文章的段落主題句，是不是都有很充足的支持細節？

主題句的中心思想	支持細節
I enjoy several activities in my free time.	(1) One activity I like to do is going to the gym; (2) Another activity I enjoy is going to bookstores; (3) Among all the activities I do, my favorite activity is playing on-line games.
Taipei is an ideal place to live.	(1) It has high quality public transportation; (2) It has diverse cuisines; (3) It has numerous night markets; (4) It has some world-class museums and theaters.
The "Thai garden restaurant" is a great place to eat with friends.	(1) The price is reasonable; (2) The waiters are friendly; (3) The food is delicious; (4) The atmosphere is pleasant.

　　除此之外，寫內文時還要注意些什麼？除了之前講的寫作三大原則外（也就是**統一性、支持性、連貫性**），你還要注意「過渡語」的運用。

B、過渡語

何謂「過渡語」？「過渡語」的功用為何？你可以將一篇沒有過渡語的文章想成一個剛做好的「海綿蛋糕」，雖然好吃，卻有點乏味，而且蛋糕邊緣可能有點凹凸不齊，賣相不是很美。「過渡語」就像是海綿蛋糕外圍的奶油、巧克力等裝飾，有了它，蛋糕的外表就會很吸引人，本身味道也會好很多。

不過我要提醒你，奶油、巧克力吃多了也會膩，所以利用過渡語時要注意，雖然它可以使你的文章更清楚、更具流暢性，但千萬不要過度使用，使文章變得很機械化。

寫文章時常用的「過渡語」包括下列幾種，你可以根據自己文章的性質搭配使用：

(1) 時間順序的過渡語

First, ...	First of all, ...	Second, ...
Third, ...	Next, ...	After that,...
Then...	Finally, ...	Meanwhile, ...
Soon...	In the evening, ...	At night, ...
Before Sunday, ...	During an earthquake, ...	

(2) 空間順序的過渡語

On the right...	On the left...	In the center...
In the middle...	Next to the...	Beside the...
Between the...	Opposite the...	Near the...
On one side of the...	Under the...	Above the...
Across...	Below...	On the other side of the...

(3) 舉例或推理排序的過渡語

For example,...	For instance, ...	Such as...
Specifically, ...	In particular, ...	Namely, ...
Also, ...	Regarding...	With (In) regards to...
As an illustration, ...	Another...	In addition, ...
Moreover, ...	Furthermore, ...	The first reason is (that)...
The second reason is (that)...		Last but not least, ...
The most important reason is (that)...		

(4) 類比、對比、語氣轉換的過渡語

Although...	On the other hand, ...	On the contrary, ...
But...	While...	In contrast, ...
However, ...	Though...	Similarly, ...
Not only... but also...	In comparison, ...	Yet, ...
Otherwise, ...	Still, ...	

(5) 供個人意見的過渡語

In my opinion, ...	In my view, ...	According to ...
I believe (that)...	I think (that)...	

(6) 結論的過渡語

In brief, ...	In summery, ...	In conclusion, ...
In short, ...	For these reasons, ...	Consequently, ...
As a result, ...	Finally, ...	Last of all, ...

看完了內文，讓我們進入到文章的最後一段：結論

（三）結論

結論是一個總結文章、闡述文章重點的好所在。好的結論不止提醒讀者之前唸過的東西，還可以將整篇文章的結構緊緊連結在一起，使之更完整。

A. 結論的形式

常見的結論形式有下列幾種，你可以根據題目的需要或個人的偏好，選擇一項或多項並用：

(1) **整理摘要及提供省思**：這是最常見的結論形式，寫法著重於簡短重述整篇文章的主旨或要點。看到這裡，你可不要太高興！「重述」（restate）的意思並不是可以一字不漏的照抄前面的「命題句」或每一段的「主題句」，而是必須利用**不同的字句**重述主旨哦！「重述」在某種程度上很接近「做摘要」（summarize），基本上就是將之前寫過的重點換個說法、再提醒讀者一下。

很多作者在寫完摘要後會再加上個人的「省思」（白話文就是「想法」啦！）作為結尾。這種以「整理摘要及提供省思」作結論的方式不僅是所有寫結論技巧中最常見的，也是最簡單的，我鼓勵你多用這種 standard 的寫法，因為最中規中矩、最不容易出錯！

(2) **提出引人深思的問題**：除了第一種方法外，有些作者會在結論時丟出一個或一連串的問題給讀者，用這種方法抓回讀者的注意力，也讓讀者有機會可以進一步思考其之前所寫的內容。要注意的是，這些問題絕不是天外飛來的一筆，而必須與之前寫的東西有關。常見的寫法有以下幾種：

Based on what was stated earlier, what might happen in the future?

根據前述，未來會是什麼樣的景況？

According to the above mentioned problems, what should be done about this issue? Which choice should be made?

根據上述，我們應採取何種步驟？做怎麼樣的選擇？

當然，在提出問題之後，作者可以接下來提出合適的答案或解決方案。

(3) 以預測及提供建議作結論：這種結論的寫法也蠻常見的，就是在最後一段提出你對所寫議題未來的預測（prediction）、想法（thought），或者對你之前所提的問題提供解決的方案（solution）或建議（recommendation）。

(4) 闡述文章可衍生的對策，以及呼籲讀者採取行動：這種寫法比較常見於論說文，目的是要讀者藉由文章產生共鳴，將想法應用到其他相關的議題上，並身體力行、採取行動、改變現狀。

結論是一篇文章的完結，因此重要性不亞於第一段的導論。不過要記得，結論的寫法雖有許多種，但不管你決定用多麼引人入勝、感人肺腑的方式作結尾，千萬不要在結束的地方引進新的論點！什麼意思呢？

因為一位作者寫文章的責任，在於告訴讀者他針對某個東西、某項議題所提出的論點，**這些論點應該在「導論」時點明，在「內文」時闡揚**，而不是留到「結論」時才在那邊囉囉唆唆、嘰哩呱啦。想想看，如果你是一個讀者，好不容易將一篇落落長的文章看到快要結束，可以稍事喘息，作者卻在最後一段提出一個全新的觀念或理論，而且不加以闡述，那你不是要氣炸了嗎？

如果你真的有些很好的想法來不及在內文呈現、或有些從內文引申而來的想法，這時可以考慮在「結論」時提出來，讓讀者好好思考一番，但這些東西不能是一個「嶄新」的論點或一個與前面立場完全「相反」的論點。由此可知，結論並不是一個闡述新論點的地方；它是將整篇文章做個總結的好所在！

好，我們既然已經講完文章的基本結構及寫法，為了測驗你到底是不是真懂，現在請試著根據以下的文章，回答問題：

The Hazards of Moviegoing

（戲院看電影的壞處）

I am a movie fanatic. My friends count on me to know movie trivia. My friends, though have stopped asking me if I want to go out to the movies. While I love movies as much as ever, the inconvenience of going out, the temptations of the theater, and the behavior of some patrons are reasons for me to wait and rent the video. In the following paragraphs, I will elaborate on the three reasons why I don't go to the movie theater anymore, and what I do instead.

To begin with, I just don't enjoy the general hassle of the evening. Since small local movie theaters are a thing of the past, I have to drive for 30 minutes to get to the nearest multiplex. The parking lot is shared with several restaurants and a supermarket, so it's always jammed. I have to drive around until I spot a space. Then it's time to stand in an endless line, with the constant threat that tickets for the show I want will sell out. If we do get tickets, the theater will be so crowded that I won't be able to sit with my friends, or we'll have to sit in the front row gaping up at a giant screen.

Second, the theater offers snacks that I really don't need. Like most of us, I have to battle an expanding waistline. At home I do pretty well by simply not buying stuff that is bad for me. Going to the theater, however, is like spending my evening in a 7-11 with a movie screen and comfortable seats. As I try to persuade myself to just have a diet Coke, the smell of fresh popcorn dripping with butter soon overcomes me. Chocolate bars seem to jump into my hands. By the time I leave the theater, I feel disgusted with myself.

Many of the other patrons are even more of a problem than the snack section. Little kids race up and down the aisles, usually in giggling packs. Teenagers try to impress their friends by talking back to the screen, whistling, and making noises. Adults act as if they were at home in their own living room. They comment loudly on the ages of the stars and reveal plot twists that are supposed to be a secret until the film's end. And people of all ages create distractions. They crinkle candy wrappers, stick gum on their seats, and drop popcorn tubs or cups of crushed ice and soda on the floor.

After arriving home from the movies one night, I decided that I was not going to be a moviegoer anymore. I was tired of the problems involved in getting to the theater, resisting unhealthy snacks, and dealing with the patrons. The next day, I arranged to have movie channels installed as part of my cable TV service, and I also got a membership in my local video store. I may now see movies a bit later than other people, but I'll be more relaxed watching movies in the comfort of my own living room.

問題：

1. 本文的命題句為何？

2. 本文有無內文的「文章發展」？

3. 本文內文第一段的主題句為何？

4. 本文內文第一句主題句的四個支持細節為何？

5. 本文內文第二段的主題句為何？

6. 本文內文第三段的主題句為何？

7. 本文內文第三句主題句的四個支持細節為何？

8. 本文作者使用何種結論寫作技巧？

答案：

1. 命題句："While I love movies as much as ever, the inconvenience of going out, the temptations of the theater, and the behavior of some patrons are reasons for me to wait and rent the video."

2. 有，"In the following paragraphs, I will elaborate on the three reasons why I don't go to the movie theater anymore, and what I do instead."

3. "To begin with, I just don't enjoy the general hassle of the evening."

4. (a) having to drive for 30 minutes to get to the nearest multiplex; (b) the parking is always jammed; (c) having to stand in an endless line; (d) not being able to sit with my friends, or having to sit in the front row gaping up at a giant screen.

5. "The theater offers snacks that I really don't need."

6. "Many of the other patrons are even more of a problem than the snack section."

7. (a) little kids race up and down the aisles; (b) teenagers talk back to the screen, whistle, and make noises; (c) adults act as if they were at home in their own living room; (d) people of all ages create distractions.

8. 「整理摘要及提供省思」

第四步、修訂與校正

經過一番捻鬚拔髮、搥胸頓足的痛苦過程，恭喜你終於完成了一篇溫馨小品！接下來我們便要瞧瞧如何讓這「溫馨小品」搖身一變，成為「曠世鉅作」。

要寫出一篇真正好的作文，你除了要了解文章的基本結構（就是我們這一章截至目前為止所講的東西），還要懂得如何修訂你文章中的句子。

（一）修訂文章的技巧：

(1) 利用平行性（parallelism）：這裡的「平行性」，指的

是一句話中，如果講到一組「類似的東西」或「相同的概念」（這一組一組的東西及概念通常都是由我們之前已提到的 and 與or 這種「對等連接詞」連接），則這些東西的「長相」要一致。舉例來說：

When I make fried rice, I like to add <u>eggs</u>, <u>mushrooms</u>, <u>green onions</u>, <u>carrots</u>, *and* pieces of <u>sausage</u>.

當我做炒飯時，我喜歡加<u>蛋</u>、<u>草菇</u>、<u>蔥</u>、<u>胡蘿蔔</u>、以及<u>香腸</u>。

就是很有「平行性」的句子。它的平行性在哪兒呢？在於它一連串「長相」一致的名詞（畫底線的字）。反過來說，如果你的句子長成這樣：

When I make fried rice, I like to add <u>eggs</u>, <u>mushrooms</u>, <u>green onions</u>, <u>carrots</u>, *and* <u>I also like to put pieces of sausage</u>.

那麼句子的平行性就被打破；因為畫線的前幾個地方都是「名詞」，與 and 後面那一串東西（子句）看起來不搭調。

好，下面這幾個句子，哪幾個具平行性？哪幾個沒有？

1. Jessica's hamburgers are always fresh, hot, and juicy.

2. Pets depend on you to provide them with food, water, and they need shelter, too.

3. Her house is filled with old magazines, newspapers, posters, and books.

4. Taiwanese people always try to avoid silence, whether on the job, in school, or when they relax at home.

5. The cheerleaders are told to be charming, cheerful, and with enthusiasm.

6. This campaign can cut fuel bills sharply and at the same time reduce the pollution that contributes to smog, acid rain, and it will prevent the greenhouse effect.

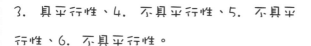

答案：1. 具平行性、2. 不具平行性、3. 具平行性、4. 不具平行性、5. 不具平行性、6. 不具平行性。

你現在應該可以看出來，具有「平行性」的句子結構清楚、既簡單又明瞭。基本上你只要把握「**對等連接詞的四周必須都是結構類似的東西**」的原則，就不會有錯了！

回到上一頁的四個不具有平行性的句子，你知道該如何改正它們嗎？

2. Pets depend on you to provide them with <u>food</u>, <u>water</u>, and <u>shelter</u>.

4. Taiwanese people always try to avoid silence, whether <u>on the job</u>, <u>in school</u>, or <u>at home</u>.

5. The cheerleaders are told to be <u>charming</u>, <u>cheerful</u>, and <u>enthusiastic</u>.

6. This campaign can cut fuel bills sharply and at the same time reduce the pollution that contributes to <u>smog</u>, <u>acid rain</u>, and <u>the greenhouse effect</u>.

(2) 利用統一的人稱與時態：「統一的人稱」指的是在寫作前，你必須先決定文章要以「第一人稱」、「第二人稱」、或「第三人稱」的角度來寫：

❖ 如果你是以**第一人稱**的角度，你的文章會有許多 *I*。由此可知，「第一人稱」的文章多用在描述與自己有關或抒發自己觀點的文章，如散文寫作。

❖ 如果你的文章是以**第二人稱**的角度，那麼你的文章會有許多 *you*。由此可知，「第二人稱」的文章多用在告訴某人某些資訊，或指引某人某些事情。

❖ 如果你的文章是以**第三人稱**所寫，那麼文章中會有許多 *he, she, it* 等之類的字。許多小說都是以「第三人稱」寫成的；另外，許多學術性的文章為求客觀超然，也常會用「第三人稱」的方式寫作。

有些時候因為實際需要，寫文章的人會「故意」混用不同人稱，這情有可原；可是很多人在寫作時，常會「不自覺」的混用不同人稱，讓讀者唸起來怪怪的，甚至不知所云。我們來看看下面這個句子：

One of the shortcomings of my job is that you always have to work overtime.

你看得出來這句子的毛病嗎？沒錯，這句子先是用第一人稱 *I* 寫，但到一半卻變成第二人稱 *you*。其實這種將「你」、「我」混用的情形很常見，尤其是在我們與別人交談時，但在寫作時卻萬萬不可。這句話應改成：

One of the shortcomings of *my* job is that *I* always have to work overtime.

我們接下來看看某篇文章的兩句話：

I believe people should not smoke in office buildings. Smoking might result in cancers, ruin your health, and reduce your longevity.

這兩句話也有人稱不統一的問題：「第二人稱」及「第三人稱」的混用。既然第一句話已用了「第三人稱」，我們應該將第二句話也改為「第三人稱」：

I believe *people* should not smoke in office buildings. Smoking might result in cancers, ruin *people's* health, and reduce *their* longevity.

我要強調，無論是在平時練習寫作或考試時，千萬不要害怕用「第一人稱」I。

以前人寫作時，尤其是科學性的文章，文中很少出現 I believe that...（我認為…）、I conclude that...（我總結…）這

種「第一人稱」的寫法，因為他們擔心，如果整篇文章都用「第一人稱」，會顯得自己很驕傲，太以自我為中心；所以遇到這種情形都會將之改成 It is believed that...（一般相信…）、It is concluded that...（一般的結論是…）這種「第三人稱」的寫法。

中文也是，以前寫正式文章時，提到「我」時都會用「筆者」取代，不過現在有越來越多的專家學者都主張寫作者應儘量使用「第一人稱」來寫作，以拉近自己與讀者的距離。所以下次寫文章時，你可以考慮多多使用 *I* 及「我」哦！

還有，在寫作時，最好小心不要造成文章中的現在式、過去式…等時態混亂。讓我們來瞧瞧這個例子：

When I was a child, my father asks me to memorize several ancient poems by heart everyday. It is a tough job for me, because it was very hard for a little child to recite so many poems in such a short time. Because of that, my father is constantly disappointed with me. However, on one of his birthdays, I decide to impress him with my flawless recitation of the poems. That night, I finished memorizing the poems before he got home for dinner...

很混亂的時態，不是嗎？其實這篇文章既然是在回憶一件以前發生的事，便應該儘量都用過去式；且遇到要強調「過去某段時間一件事比另一件事更早發生」的情形，「更早發生」的那件事要用「過去完成式」、「比較晚發生」的那件事要用「過去式」：

> When I was a child, my father used to ask me to memorize several ancient poems by heart everyday. It was a tough job for me, because it was very hard for a little child to recite so many poems in such a short time. Because of that, my father was constantly disappointed with me. However, on one of his birthdays, I decided to impress him with my flawless recitation of the poems. That night, I had finished memorizing the poems before he got home for dinner...

(3) **多加變化你的句子**：很多人寫作時，整篇文章用的都是差不多的句型，這樣會使文章顯得乏味。你可以利用下列三種方法來改善這種情形（以下「簡單句」、「複合句」、「附屬子句」、「獨立子句」等概念，在本書上冊的第三章有詳細的介紹）：

① 在一個「簡單句」中用 and、but、for、or、nor、so、yet 之類的「對等連接詞」，加入另一個意義相關的「簡單句」，使之成為「複合句」。舉例來說，你可以將下兩句的「簡單句」合成第三句的「複合句」：

❖ My older brother is a college graduate.

❖ My older brother can't find a job.

→ My older brother is a college graduate, *but* he can't find a job.

在寫這種句子時，別忘了在兩個簡單句中加入一個「逗點」哦（如第三句）！

② 在一個「簡單句」中加入一個由 because、before、when、after、while、although、if 等附屬子句連接詞起頭的子句，使之成為「複雜句」。在這樣的句子中，由附屬子句連接詞起頭的「附屬子句」的意義、重要性不如「獨立子句」：

❖ I like her.

❖ She doesn't like me.

→ *Although* I like her, she doesn't like me. （強調「她不喜歡我」）

→ She doesn't like me *although* I like her. （還是強調「她不喜歡我」）

你在造這種句子時，別忘了，如果附屬子句放在前面，要在句中加個逗號（如第三句），但如果獨立子句在前，就不可以加逗號哦（如第四句）！

③ 將 -ed（過去分詞）、-ing（動名詞）、to（不定詞）、-ly（副詞）、或介系詞帶領的片語…等字放在字首，造成句子的變化。寫這種句子時要注意，原本兩個句子的主詞必須相同哦！例如：

（利用動名詞）

❖ He thinks about her. （主詞為 He）

❖ He can't sleep. （主詞同樣為 He）

→ *Thinking* about her, he can't sleep.

（利用副詞）

❖ Jessica signed the contract. （主詞為 Jessica）

❖ She was reluctant and unhappy. （主詞同樣為 Jessica）

→ *Reluctantly and unhappily*, Jessica signed the contract.

（利用過去分詞）

❖ The doctor's office is noisy. （主詞為 the doctor's office）

❖ The office is crowded with crying children and anxious parents. （主詞同樣為 the doctor's office）

→ *Crowded* with crying children and anxious parents, the doctor's office is noisy.

要注意的是，以上所介紹的三種讓句子多采多姿的「撇步」，並不是暗示你，句子一定要越長越好、越複雜越好哦！一篇文章中，如果你所有的句子都用這三種句型、亦或在造這些句型時又不幸造錯，那就會達到反效果哦！與其如此，倒不如規規矩矩的用短的、簡單的句子。君不見美國大文豪海明威用字樸素，作品中的句子多明快、有力、精鍊，甚受後世推崇！

(4) **行文力求簡潔：** 你平日在收看國內新聞節目時，是否常被一些主播或記者的「累贅語」轟炸到不行？我因為是科班

出身，對中文特別敏感，每次聽到「今天稍早以前」（「以前」可刪去）、「大約100元左右」（「大約」、「左右」應刪除一個）、「這是他當初始料未及的」（「當初」等於「始」，故「當初」應刪除）、「根據一項市調結果顯示」（「根據」、「顯示」只能二者擇一）、「死亡命案」（「死亡」就是「命案」，ok？）…等講法時都會氣得半死，大嘆國人中文程度江河日下！

有些人在寫英文作文時也會犯下類似的錯誤。許多同學為了提升寫作能力，常常會很乖的背一些範文、佳句，或是英語的習慣用法。可惜的是，這些範文、佳句、習慣用法通常很官腔、制式，有經驗的讀者，譬如說**敝人在下我**（不好意思，才說嘴就打了嘴，完全「官腔」、「制式」起來了）便可以一眼看透，對文章的評價自然就不高。

以下便是一些常見的陳腔濫調：

* At this point in time, ... 或 at the present time, ... （應使用 now 或 today 取代整個片語）
* In this day and time, ... （day 與 time 意義相近，擇其一即可）
* It is believed that... （應講出來到底「誰」相信，然後動

詞用 believe）

❖ Concerning the matter of... （應用 about 取代整個片語）

❖ By means of... （應用 by 取代整個片語）

❖ Due to the fact that... 或 for the reason that... （應用 because 取代）

❖ In the event that... （應用 if 取代）

❖ In the near future（應用 soon 取代）

❖ repeat... over again （repeat 等於 over again，所以 over again 應去掉）

❖ revert back（revert 等於 back，所以 back 應去掉）

❖ reflect back （reflect 等於 back，所以 back 應去掉）

❖ retreat back（retreat 等於 back，所以 back 應去掉）

❖ a true fact（true 與 fact 在某種程度上相同，所以 true 應去掉）

❖ new innovation（new 等於 innovation，所以 new 應去掉）

❖ red in color （red 就是一種 color，所以 in color 應去掉）

❖ resulting effect （此二字不該連用，應改成 effect 一個字或 result 一個字）

❖ final outcome（此二字不該連用，應改成 outcome 一個字）

以下灰框框內的句子都拖泥帶水、畫蛇添足，你可以讓它們變得乾淨俐落嗎？

> The reason why he likes Nancy is because she is both smart and beautiful.

"The reason why... was because" 是許多人習慣的寫法，但這是多餘的。 reason 與 because 兩個字意義上相同，只需其中一個字即可。這句話應改成：

（ ∨ ）He likes Nancy because she is both smart and beautiful.
或：
（ ∨ ）The reason he likes Nancy is that she is both smart and beautiful.

> This business contract is an example where they did not receive fair treatment.

這句話犯的毛病與上句一樣，an example where... 是累贅語，應改成：

（ˇ）This business contract was unfair to them.

Because of the fact that she graduated from college, Mary decided to move to Taipei to find jobs.

because of the fact that... 也是常見的累贅語，應改成：

（ˇ）Because she graduated from college, Mary decided to move to Taipei to find jobs.

或：

（ˇ）Because of her college graduation, Mary decided to move to Taipei to find jobs.

There are five Asian students graduating this year.
It is true that most women like window shopping.

There are...、It is... 這類的引導詞很多時候都很累贅，最好能刪就刪，然後用確切的主詞取代：

（ˇ）Five Asian students graduated this university.

（ˇ）Most women like window shopping.

> The old house, which is haunted, was sold in a high price.
>
> The maid, who was exhausted, sat down and took a break.

有些 who 及 which 所引導的子句也很累贅，可以將之改成：

（∨）The old, haunted house was sold in a high price.

（∨）The exhausted maid sat down and took a break.

> Amy seems to be happy.
>
> John's proposal proved to be very useful.

大部分句子中的 to be 都很多餘，最好能刪就刪：

（∨）Amy seems happy.

（∨）John's proposal proved very useful.

> Each candidate should be evaluated on an individual basis.
>
> Television does not portray violence in a realistic fashion.
>
> The 911 terrorist attack produced a crisis-type situation.

應修改成下列精簡的句子：

（ ∨ ）Each candidate should be evaluated individually.

（ ∨ ）Television does not portray violence realistically.

（ ∨ ）The 911 terrorist attack produced a crisis.

要注意的是，我在這裡並不是反對你背範文、背名句、或是背好的句型哦！事實上，語言學習有很大的成分本來就是從「**模仿**」而來的，你若看到好的文章或句子，其實大可以「見賢思齊」，讓自己更有文采、更能夠「出口成章」。只是要小心，千萬不要不管三七二十一，將一些已經被用爛的句型或成語，在每一篇作文中強用，或是為了要硬將所背的佳句擠到句子中，而將句子造得又臭又長，甚至不知所云。別忘了，「**寫得長，不如寫得好；寫得老套，不如寫得巧**」！

（二）校正文章的技巧：

好不容易修訂完文章，我們接著要校正（proofread）整篇文章。校正文章聽起來雖然簡單，只要檢查字有沒有拼錯、標點符號有沒有標錯、文法有沒有錯誤，但是根據我多年的「臨床」經驗，大部分同學似乎都很少將心思花在這上面！

可怕的是，很多與我一起改大考或基測考卷的老師常告訴我，當他們改一篇作文時，如果第一、二句就出現如「第三人稱單數現在式動詞沒加 s」這種錯誤時，內心對這篇文章的品質就大打折扣了，就算文章的字體再工整、長度再長、甚或結構內容再好，他們最終打的分數也不會太高。可見寫作完後的校正功夫多麼重要，千萬不要輕忽了！

其實，如果不是為了應付有時間限制的作文考試，我認為最好的寫作方式是在「電腦」上寫作。為什麼呢？因為在電腦上寫作後，要做整段的修改、刪除、或者移位都很簡單，只需 copy 與 paste 就可以了。

這種「電腦打字寫作」一方面可以容許你多次修改，另一方面也可以大大提高你修改自己文章的意願（很多用手寫作文的同學不喜歡大舉修改作文的原因，就在於修改後必須重抄一遍）。在電腦上作文還有其他好處，那就是電腦可以免費幫你做「拼字」與「文法」的校正，而且可憐的老師們也不需再忍受大家的「鬼畫符」！

另外，Microsoft Word 有一項「檢閱」的功能，可以讓老師在電腦上直接修改同學的作文，若老師對同學的用字遣詞或造句有任何想法，也可以隨時利用「插入註解」的選項洋洋灑灑寫一堆給同學，同學只有在滑鼠「移」到這些「註解」的選項時，裡面的東西才會出現，因此可避免每次收到老師批改得「滿江紅」的作業時，傷心難過、珠淚暗垂。

在校正時，有兩樣東西是必須的：**一本好字典及一本文法書**。另外，你如果常被老師糾正某項文法規則或拼字，在下次校正其他作文時，就要針對**自己最常犯的錯加以注意**。

至於台灣同學寫作時常犯的文法錯誤有哪些？

台灣同學寫作時常犯的文法錯誤不少，究其原因在於中文與英文有根本上的差異。舉例來說，當中文有某個英文沒有的文法規則，學中文的英語系人士便會常犯那個文法錯誤。同樣的，當英文有某個中文沒有的文法規則，台灣同學便會常犯那個文法錯誤。

讓我們先來看看中文與英文有什麼基本上的差異：

中文有、英文沒有的文法規則
「量詞」，表示事物或動作的單位 例如：一「枝」筆、一「張」桌子、一「台」電視、一「套」 　　　沙發
「語氣詞」 例如：「你好『嗎』？」、「一起去『吧』！」、「很貴『呢』！」

英文有、中文沒有的文法規則
「可數複數名詞」後須加 -s 或 -es 例如： apples、 speeches
「時態變化」導致的動詞變化 例如：動詞 talk 現在式為 talk、過去式為 talked、現在進行式為 is talking、過去進行式為 was talking、現在完成式為 has talked、過去完成式為 had talked、現在完成進行式為 has been talking、過去完成進行式為 had been talking
「不規則動詞變化」 例如： go 的動詞變化為 go、went、gone
「第三人稱單數現在式的動詞」必須加 -s 或 -es 例如： She likes to sing in public.
「冠詞」 例如： a girl、an egg、the man
「關係代名詞及關係副詞」 例如： who、which、when、where、why

哇，難怪大家寫作時，不是用錯冠詞、就是忘記在複數名詞後加 -s、-es！你在校正時，別忘了要特別檢查哦！

除此之外，大家常犯的語法規則還有以下幾種：

(1) **一個句子超過一個主詞或動詞：**
很多人習慣在兩個句義上有關聯的句子中間用「逗號」將之隔開，因而造成句子中有兩個主詞、兩個動詞：

(×) My grandfather has his own business, he sells air conditioners.

(×) Mary was sick, she didn't show up in the meeting yesterday.

改正的方式有兩種，(1) 將句中的「逗號」改成「句號」，(2) 保留「逗號」，在句中加入 and、but、or 之類的「對等連接詞」（因為有了「對等連接詞」，我們便可以連接兩個對等的句子或子句）：

(∨) My grandfather has his own business. He sells air conditioners. 或：

（ ✓ ）My grandfather has his own business, and he sells air conditioners.

（ ✓ ）Mary was sick. She didn't show up in the meeting yesterday. 或：

（ ✓ ）Mary was sick, and she didn't show up in the meeting yesterday.

⑵ 一個句子沒有動詞：

很多人會造出沒有動詞的句子，例如：

（ ✗ ）Jill sitting by the window.

（ ✗ ）I afraid of tomorrow's tests.

第一句中的 sitting 並非動詞，因此必須想辦法替它加上一個動詞。第二句中的 afraid 是形容詞，但很多人都誤以為它是動詞，所以必須將此句加個動詞：

（ ✓ ）Jill is sitting by the window. 或：

（ ✓ ）Jill sits by the window.

（ ✓ ）I am afraid of tomorrow's tests.

(3) 主詞與動詞不一致：

很多人造出主詞離動詞很遠的句子，導致主詞與動詞不一致，遇到這種情形，為了方便找主詞與動詞，**我們要把介於它們之間的形容詞、介系詞片語先全部劃掉**（細節請參考本書第一章）。比方說有人造了下列幾個句子：

（ × ）Cheating with classmates during the examination are not allowed.

（ × ）The girl in the apartment above ours are singing loudly.

（ × ）The sunlight shinning through windows make me happy.

為了要找出句子中的主詞及動詞，我們需先刪掉處於其中的「垃圾」：

Cheating (with classmates) (during the examination) are not allowed.

The girl (in the apartment) (above ours) are singing loudly.

The sunlight (shinning through windows) make me happy.

刪掉後，我們便可以清楚看到主詞、動詞，從而決定它們

的單複數關係：

<u>Cheating</u> （with classmates）（during the examination）*is* not allowed.

<u>The girl</u> （in the apartment）（above ours）*is* singing loudly.

<u>The sunlight</u> （shinning through windows）*makes* me happy.

第五步、定稿

　　恭喜你，你已經到了寫文章的最後一個階段！那麼這個階段要做些什麼事呢？我想最重要的事，除了再做最後一次的校訂，應該就是「訂題目」吧！

　　文章最後一次的校訂最好請班上其他同學或其他人幫你做，因為一般人都是「待己也寬，律人也嚴」，或是陷入習以為常的盲點中，所以在自己的作文中看了十遍也看不到的錯誤，別人可能一眼就察覺了！

現在的作文漸漸有一個傾向（不管是在學校裡老師指定的作文、或是各種大大小小的考試），那就是很多的作文並**不限定一個死題目**，而是給同學一個大方向或一個大範圍，讓同學有較大的空間選擇自己真正可以發揮的題目。遇到這種情形，你便可以運用前面所學的「寫作前的活動」（例如「畫圖法」），釐清自己可寫的束西在何處。

釐清自己可寫的內容在何處後，千萬不要急著訂題目，最好等到最後完成整個文章時再來訂。為什麼呢？因為儘管你做了畫圖法、列了大綱、一切照計劃進行，也可能在實際下筆的時候，發現文章的大方向其實有了改變，或某個議題其實更容易切入。這時候，如果你不在最後再回到「**標題**」，你很可能寫了一個文不對題（或與題目不那麼相符）的文章！所以千萬不要忘記，在寫完整篇文章後，再去「訂題目」哦！

以上所介紹的寫作技巧與步驟，希望你有機會能按部就班的試一試！我相信，如果你確實按照這些要領去做，一定可以寫出超出你想像中的長度，而且還是井然有序、言之有物、內容豐富的文章！　　　　　　　　　　　　　　　■

玖 君英文箴言錄

- 寫作能力的培養是日積月累的，人的靈感也不是如自來水般，說來就來；況且寫作的人在完成一篇文章後，還需要讓自己「沉澱沉澱」，之後再回頭修改前幾天、甚至前幾個星期寫的作品。

- 一篇沒有「過渡語」的文章就像一個剛做好的海綿蛋糕，雖然好吃，卻有點乏味。「過渡語」就像是海綿蛋糕外圍的奶油、巧克力等裝飾品，有了它，蛋糕的外表就會很吸引人，本身的味道也會好很多。

- 文章的「大綱」就像是支撐人體的骨架。骨架負責將我們龐大的身軀撐起，讓我們經由透視對身體內部一目了然；大綱可以幫助我們了解整篇文章的組織結構，對於較長或較複雜的文章尤其有幫助。

- 「命題句」的位置通常在第一段，它是一篇文章的靈魂之窗，引導了整篇文章的中心思想。

- 語言學習有很大的成分是從「模仿」而來，你若看到好的文章或句子，其實大可以見賢思齊，讓自己更有文朵、更能夠出口成章。

◇ 英語補給站 ◇

酒後不亂性

「酒」的英文叫 wine，因此很多人以為「喝酒」的英文就是 drink wine，其實飲料千百種，酒類當然也不例外。在台灣，有些人喜歡借酒裝瘋、有些人常常 drunk driving（酒醉駕車），這些都是不好的行為哦！因此我們在餐廳點酒時可要小心，免得喝錯了、喝多了，被警察逮到時沒有駕照、車上又有股溝妹，那就糗大了！讓我們好好分辨以下這些字：

beverage	soft drink	hard drink	liquor
alcohol	wine	whisky	beer
champagne	cocktail	rum	

beverage 是所有飲料的總稱，餐廳的 menu 裡，有一欄就叫做 beverage，裡面包括 soft drink 及 hard drink，也就是所謂的「軟性飲料」及「硬性飲料」。

何謂 soft drink？soft drink 又稱 non-alcoholic beverage，就是**不含 alcohol（酒精）的飲料**，也就是給小朋友或像我這種未成年人喝的飲料啦，包括 milk、tea、juice、coffee、coke 等等。相反的，hard drink 指的就是**含有 alcohol 的飲料**，如 wine、whisky、champagne、beer、cocktail 等等。所以 hard drink 又稱 alcoholic beverage。

在 alcoholic beverage 中，wine 是由**葡萄、其他水果，或一些植物釀成的酒**，這其中最有名的當然要算是 French wine。另一個常與 wine 搞混的字是 whisky，其實 whisky 指的是**將穀粒或麥子、特別是 barley（大麥）或是 rye（黑麥），用蒸餾的方式**而做成的酒。

至於 champagne 指的則是**淡白色、且有泡泡的酒**，為什麼有泡泡呢？因為這種酒有加 gas（氣），就像可樂一樣。另一個常見的字 beer，則是**利用麥芽或植物根部所釀造的酒**。beer 可以說是美國人、特別是男人的最愛，如果你打開一個美國單身漢的冰箱，我可以和你打賭，裡面除了有放了 N 日、已發霉長蟲的 pizza 外，大概就是成打的 beer 了！

另外，cocktail 指的是 mixed alcoholic drink，也就是**將兩種或多種酒混在一起**的「雞尾酒（調酒）」，如 gin（琴酒、杜松子酒）加 vermouth（苦艾酒），就是一種常見的 cocktail。當然，很多的雞尾酒會加上果汁或汽水、甚至咖啡及蛋，這種東西在美國人的 party 裡十分常見。其他的酒類飲料還有利用 sugar-cane juice（甘蔗汁）製成的 rum（蘭姆酒）等等。

要注意的是，root beer 雖然有 beer 這個字，它其實就是中文的「麥根沙士」，並不是酒，而是 soft drink 哦！更奇怪的是，有一種叫做 long island iced tea（長島冰茶）的東西，竟然是一種還蠻烈的 cocktail，而非冰紅茶，不會喝酒的人千萬不要點，免得酒後亂性哦！

最後，liquor 這個字可以**泛指各種酒類**，所以在美國專門賣酒的地方就叫做 liquor store ；liquor license 就是可以合法販賣酒的「酒牌、販酒執照」。而 alcohol 不僅是我們剛剛講的「酒精」，它還可以指「酒」本身，所以你可以說：He drank a lot of alcohol last night. 就是「他咋晚喝很多酒」。

◇ English Wonderland 英語歡樂園 ◇

"Left" & "Right"
向左轉、向右轉

A Taiwanese student studying in the U.S. went to take a driving test.

Overtly nervous, when he saw a "left turn" sign, he asked the officer: "Left?"

"Right!" the officer replied.

The student failed the test. Why?

話說一名台灣留學生在美國唸書時，有一天跑去考駕照。路考（driving test）時因為過於緊張，看到路上「左轉」的標誌時還不放心，問考官：「左轉嗎？」考官回答：Right! 這名台灣學生照做後，竟然沒考過。到底出了什麼問題？

大家都知道，在美國，除了極少數的超級大城，大多數地區都沒有便捷的大眾運輸系統，因此沒有車，就

等於沒有腳；再加上美國人並沒有像台灣人一樣的那種「身分證」，因此他們的「駕照」就如同身分證一般。這也是為什麼到美國唸書的台灣同學，不管會不會開車，都會想盡辦法去考一張 driver's lisence。

不過在美國考駕照可不是件容易的事，你除了要改掉在台灣漫不經心的開車習慣，還得處處注意路上一大堆的 stop sign（暫停標誌），以及其他一堆寫滿英文的標誌，最重要的是路考時還得聽得懂考官所講的話，不然你便會像笑話中那位可憐的台灣留學生一樣，錯把 right（「對！」）當成「向右轉」，而錯失考上駕照的機會！

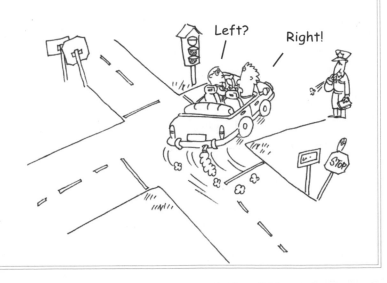

附錄一 句型閱讀教戰手冊

" Going to the theater is like spending my evening in a 7-11! "

在講完了本書第一及第二章「句型結構」及「閱讀技巧」的撇步後，我相信你一定很想找篇文章來試試身手！在附錄一，請你好好利用本書所講的各式各樣的閱讀及句型技巧，解讀下面這篇文章：

The Hazards of Moviegoing

I am a movie fanatic. My friends depend on me to know movie trivia. My friends, however, have stopped asking me if I want to go out to the movies. While I love movies as much as ever, the inconvenience of going out, the temptations of the theater, and the behavior of some patrons are reasons for me to wait and watch the video at home. In the following paragraphs, I will elaborate on the three reasons why I don't go to the movie theater anymore, and what I do instead.

To begin with, I just don't enjoy the general hassle of going out to the movies. Since small local movie theaters are almost obsolete, I have to drive for 30 minutes to get to the nearest multiplex. Once I am there, the parking lot is shared with several restaurants, so it's always jammed. I have to drive around until I spot a space. Then it's time to stand in an endless line, with the constant threat that tickets for the show I want will sell out. If we do get tickets, the theater will be so crowded that I won't be able to sit with my friends, or we'll have to sit in the front row gaping up at a giant screen.

Second, the theater offers snacks that I really don't need. Like most of us, I have to battle an expanding waistline. At home I do pretty well by simply not buying stuff that is bad for me. Going to the theater, though, is like spending my evening in a 7-11 with a movie screen and comfortable seats. As I try to persuade myself to just have a diet Coke, the smell of fresh popcorn dripping with butter soon overcomes me. Chocolate bars seem to jump into my hands. By the time I finish the movie, I feel disgusted with myself.

Many of the other patrons are even more of a problem than the snack section. Little kids race up and down the aisles, usually in giggling packs. Teenagers try to impress their friends by talking back to the screen, whistling, and making noises. Adults act as if they were at home in their own living room. They comment loudly on the ages of the actors and reveal plot twists that are supposed to be a secret until the film's end. And people of all ages create distractions. They crinkle candy wrappers, stick gum on their seats, and drop popcorn tubs or cups of crushed ice and soda on the floor.

Six months ago, after arriving home from the movies at night, I decided that I was not going to be a moviegoer anymore. I was fed up with the problems involved in getting to the theater, resisting unhealthy snacks, and dealing with the ill-mannered patrons. The next day, I arranged to have movie channels installed as part of my cable TV service, and I also got a membership in my local video store. I may now see movies a bit later than other people, but I'll be more relaxed watching movies in the comfort of my own place.

（以上文章改寫自 John Langan 的 *College Writing Skills*, 2000）

閱讀實戰解答

　　首先，讓我們快速的瀏覽一遍文章，將文章中看不懂的字、語氣轉折詞（例如： but、however）、序數、對等連接詞等一一找出來做記號。

　　我們第一個碰到的生字是題目 The Hazards of Moviegoing 中的 hazards 及 moviegoing，不過若仔細看，moviegoing 可拆成 movie 及 going，所以指的應是「去看電影」，加上 of 這個介系詞反推回去，這題目講的應該是有關「**去看電影的…**」什麼東西，既然我們現在不懂 hazards 這個生字，**便先做個記號，然後跳過**，看看等會兒文章中可不可以提供我們什麼線索。

文章第一段：導論

（開場白）

(1) I am a movie fanatic.

(2) My friends depend on me to know movie trivia.

(3) My friends, however, have stopped asking me if I want to go out to the movies.

While I love movies as much as ever, the inconvenience of going out, the temptations of the theater, and the behavior of some patrons are reasons for me to wait and watch the video at home.

In the following paragraphs, I will elaborate on the three reasons why I don't go to the movie theater anymore, and what I do instead.

很快「瞄」完第一段「導論」後，你應該可以看出這文章是有「開場白」及「文章發展」的，而且「主題句」也不難找。「開場白」中的 fanatic 看起來有點眼熟，-tic 的結尾也像個形容詞，可是因為前面有冠詞 a，因此我們判斷 fanatic 是個「名詞」，而且可能跟「粉絲」有關（因為字中有 *fan*，「…迷」）。

第二句話中的 depend on 是動詞，「倚賴、依靠」之意；最後一個字 trivia 雖然看不懂，但因為前面有個 movie，因此可以猜測其意可能為「電影的…」。

第三句中出現「語氣轉折詞」however，可以判斷上一句與這一句在語氣上應該**相反**。第三句的主詞是 my friends、動詞是 have stopped asking...，講的是作者的朋友現在有一段時間都不約她去電影院看電影了。由 however 反推，我們可以約略知道作者以前應該蠻喜歡去電影院看電影的；由此再向前推，第一句中的 fanatic 指的應該是作者是個「電影迷」，所以她的朋友才會要靠她知道相關的「電影細節、八卦」等（即所謂 movie trivia）。

接下來「命題句」中出現另一個語氣轉折詞 while（雖然…），以及一個句型片語 as... as（像…一樣）。經過第一章的訓練，我們知道這句話的主詞是 the inconvenience of going out, the temptations of the theater, and the behavior of some patrons、動詞是 are；而且主詞包含了三個結構十分工整的東西：(1) the inconvenience of going out、(2) the temptations of the theater、(3) the behavior of some patrons，而這三個東西就是造成作者「寧可晚點在家裡看電影錄影帶」的原因。

從這裡我們可以知道，等會兒的「內文」將會分成三部分，依序解釋這三個理由。其中的 inconvenience 有一個「否

定」的字首 in-，所以意思從原來的「方便」變成「不方便」。
這句話中雖然我們也不認得 temptations 及 patrons 這兩個字，
但可以約略猜出來，temptations 這個字代表戲院中的某些「東
西」，而 patrons 意指某些「有生物」（因為只有有生命的個體
才會有 behavior「行為舉止」，無生物不會有，因此 patrons 一
定是「有生物」）。

　　在「文章發展」中，要注意的是 and 這個「對等連接」
連接的是 elaborate 後的兩項：(1) the three reasons why I don't
go to the movie theater anymore，以及(2) what I do instead.

文章第二段：內文

（主題句）

　　To begin with, I just don't enjoy the general hassle of going
out to the movies.

（支持細節）

(1) Since small local movie theaters are almost obsolete,
　　I have to drive for 30 minutes to get to the nearest multiplex.

(2) Once I am there, the parking lot is shared with several

> restaurants, so it's always jammed. I have to drive around until I spot a space.
>
> (3) Then it's time to stand in an endless line, with the constant threat that tickets for the show I want will sell out.
>
> (4) If we do get tickets, the theater will be so crowded that I won't be able to sit with my friends, or we'll have to sit in the front row gaping up at a giant screen.

　　第二段想當然爾是「內文」的第一段,所以講的應該是前面「命題句」中的 the inconvenience of going out。

　　一開頭的 To begin with 是我們之前提到過的「序數」,也就是作者要講述的三個重點中的「**第一點**」。「主題句」中的 hassle 我們雖不認得,但是可以從兩個地方「猜」出它的意思:第一,既然這個字出自於「命題句」,那它的句義一定與命題句中 the inconvenience of going out 類似,既然 inconvenience 是「麻煩、不方便」的意思, hassle 的意思應**相去不遠**;第二,hassle 前面有 I just don't enjoy... (我就是不喜歡…),因此可以推斷 hassle 的意思應該是「**負面的**」。如前所述,雖然我們不知 hassle 的意思,但只要知道它是個「負

面字」，就可以了。

接下來的「支持細節」共有五句，都是用來舉例說明「出外看電影有多麻煩」。讓我們一句一句看。

第一句的主詞是 I、動詞是 have to，作者提到，「因為許多小的當地戲院現在已經 obsolete，我必須開 30 分鐘的車去最近的 multiplex」。其中 obsolete 雖然是生字，但是我們可以憑「常識」判斷，現在各地的小戲院幾乎都因為有像 Warner Village（華納威秀影城）之類的大影城出現，生意一落千丈、岌岌可危，因此 obsolete 應該有「廢棄的、陳舊的」之意，不然作者不會願意開個車，長途跋涉去別地方看電影。至於 multiplex，利用我們之前「猜」同義字的技巧，可以猜出它應該與句子前面的 movie theaters 意義相近，而且指的應該是「大型」的、有 N 個廳的那種戲院。

第二句與第三句是同個概念，講的是「停車位很難找」。第二句的主詞是 the parking lot、動詞是 is shared。jammed 這個字雖然不認得，可是從它前面已經出現的 it's（主詞與動詞）知道，jammed 應該是補語，也就是「形容詞」，而既然

這家大戲院與其他許多家餐廳共用停車場,可以猜得出來停車場應該會變「擠」的。至於 spot 在這裡是「次要動詞」(因 until 所引導的子句: I spot a space 有「次要主詞」I,因此 spot 一定要是「次要動詞」),我們知道 spot 的「名詞」是「地點、位置」,改變詞性後,spot 的意思便為「找地點、位置」,而這裡找的當然是「停車位」囉!

第四句講的是另一個麻煩:需排隊買票。這邊作者用了個 endless 來形容這個 line(隊伍),我們知道 end 是「結束」,加上個「否定」字尾 -less,便成了「永無止盡的」。句首 it's time to... 就是中文的「到了該是…的時候了」; threat 看得出來是個名詞(前有定冠詞 the),雖然我們不知其義,但用常理判斷,買票時最怕的就是「輪到我時票賣光了」,這種「威脅感」在排隊買票時大家都體驗過!至於 threat 前面的 constant 是「形容詞」,用來加強 threat,因此知不知道它的意思無關乎了解本文,我們可暫時不理會它。句末的 sell out 是個片語,我們猜也要把它的意思猜出來──「賣光」!

這段的最後一句(第五句)還是在抱怨,這次抱怨的是「就算買到票,可能位子也很差」。請注意:句子中的 do 不是

「動詞」（因為其後已有動詞 get），這裡是「**語氣加強詞**」，亦即「就算我們真的買到票…」。這裡的主要子句出現一個「句型片語」so... that...，這裡的意思是「**太擁擠，以致於我無法和朋友坐在一起**」。句末的 gaping up at a giant screen 當「形容詞片語」用，形容前面的 we'll have to sit in the front row（我們只好坐在前排位置），gape 本來是動詞「張嘴凝視」的意思，這邊將它「去動詞化」，變成 gaping（**V+ing**），整個片語就是「張著嘴，辛苦地盯著超級大銀幕看」。

綜觀此段，我們可以歸納出幾個「出外看電影有多麻煩」的例子？沒錯，共四個：

1. 要開很久的車去戲院
2. 要找停車位
3. 大排長龍
4. 位子不好

這四個例子都是「支持細節」，用來支持主題句 I just don't enjoy the general hassle of going out to the movies. 的！

文章第三段：內文

（主題句）

Second, the theater offers snacks that I really don't need.

（支持細節）

(1) Like most of us, I have to battle an expanding waistline.

(2) At home I do pretty well by simply not buying stuff that is bad for me.

(3) Going to the theater, though, is like spending my evening in a 7-11 with a movie screen and comfortable seats.

(4) As I try to persuade myself to just have a diet Coke, the smell of fresh popcorn dripping with butter soon overcomes me.

(5) Chocolate bars seem to jump into my hands.

(6) By the time I finish the movie, I feel disgusted with myself.

　　第三段是「內文」的第二段，所以講的是前面「命題句」中的 the temptations of the theater。一開頭的 Second 也是我們之前提到過的「序數」，就是作者要講述的三個重點中的「第二點」。「主題句」中的 snack 是「零食、點心」；就算我們

不知道，從接下來這整段所提到的一堆垃圾食物，大概也能猜出個七、八分！

「支持細節」第一句中的 battle 當名詞是「戰役」，但這邊 battle 是當「動詞」用，所以它的意思應該類似「打仗、搏鬥」，果不其然，作者要「對抗」的就是自己的 expanding waistline。我們乍看 waistline 這個字可能不認得，但只要仔細看，便可看出它是 waist（腰）＋ line（線），所以 waistline 合起來就是「腰圍」的意思。至於 expanding 這個用來形容 waistline 的字，用**常識**判斷：現代人會與「與日俱增」的腰圍，還是「與日愈減」的腰圍對抗？當然是「與日俱增」的腰圍囉！

第二句的主詞是 I、動詞是 do。句子講的是作者「在家裡」的節制力很好，by 所引導的是一個「介系詞片語」，後面接的是一個「方法」，在這裡這個方法就是 simply not buying stuff that is bad for me（打死不隨便買對我體重有害的東西）。

第三句的主詞是 going to the theater、動詞是 is，講的則是「在戲院」的情形。這裡又出現一個「語氣轉折詞」though，

可知這個作者在家裡雖節制口腹之慾、在電影院的情形卻完全相反；果然，作者將電影院比喻成 a 7-11 with a movie screen and comfortable seats（一個有銀幕、有舒適椅子的 7-11）。大家都知道 7-11 裡什麼都沒有，就是有吃的，所以既然電影院像 7-11，那麼便只好在裡面大肆吃喝了！

第四句的主詞是 the smell of fresh popcorn、動詞是 overcomes。第四與第五句講的就是作者在戲院裡常吃的 snack：Coke（可樂）、popcorn（爆米花）、chocolate bars（巧克力棒）；這還不夠，作者甚至花費一些功夫形容這些令人「流口水」的食物：diet Coke 的 diet 是「控制飲食」之意，這邊與 Coke 放在一起，指的是「健怡可樂」；用來形容 popcorn 的東西有兩個，**一個在前、一個在後**，在前的是 fresh（新鮮的）、在後的是 dripping with butter（滴著奶油的），可見在英文中，修飾名詞的形容詞可以擺在名詞前、也可以擺在名詞後，只不過大抵上比較「**短**」的修飾語（例如：fresh）通常擺在名詞前、而比較「**長**」的修飾語（例如：dripping with butter）則擺在名詞後面。相關細節可參考本書第一章。

第六句的主詞是 I、動詞是 feel。主要子句 I feel disgusted

with myself 中有一個生字 disgusted，不過從整個段落的意思來看，在作者吃了那一堆食物後，對自己的感覺一定很「不齒」！

文章第四段：內文

（主題句）

Many of the other patrons are even more of a problem than the snack section.

（支持細節）

(1) Little kids race up and down the aisles, usually in giggling packs.

(2) Teenagers try to impress their friends by talking back to the screen, whistling, and making noises.

(3) Adults act as if they were at home in their own living room.

(4) They comment loudly on the ages of the actors and reveal plot twists that are supposed to be a secret until the film's end.

(5) And people of all ages create distractions.

(6) They crinkle candy wrappers, stick gum on their seats, and drop popcorn tubs or cups of crushed ice and soda on the floor.

第四段就是「內文」的最後一段，所以講的是前面「命題句」中的 the behavior of some patrons。這一段的開頭雖不像前兩段有的明顯的「序數」，不過也在第一句中用了 even more of a problem（更是個大問題…）點出來，這一段要講的問題比前一段的「零食販賣部」問題**更嚴重**！

第一句的主詞是 many of the other patrons、動詞是 are。句中的 patron 之前在第一段「命題句」中就出現，我們雖然還是不知道它的意思，不過至少猜得出它指的是「有生物」，我們試試看可不可以從接下來的東西猜出這個字到底是什麼意思！

「支持細節」的第一句講的是小朋友 race up and down the aisles，race 在這邊一定要當「動詞」（因為這個句子中找不出其他更像「動詞」的字了），雖然我們不知道 race 當動詞用是何意，可是接下來修飾它的是 up and down the aisles（在走道上上下下），依小朋友的天性，他們一定是在走道上上下下的「跑」！沒錯，race 的動詞意思就是「賽跑」。這句話後面的 in giggling packs 是由 in 所引導的「介系詞片語」，形容前面小朋友跑的「狀態」，giggling 這個字是從動詞 giggle「咯

咯笑」去動詞化來的（**V+ing**），packs 則是「成群結隊」的意思，所以整個片語是「一整群咯咯笑著」。這個片語看起來有點難，如果看不懂也無妨，因為前面講過，這句話最主要的意思是 *Little kids race up and down the aisles*，後面的東西只是修飾語，看不懂並不妨礙我們了解句義。

第二句講的是青少年 try to impress their friends（努力討好他們的朋友），用什麼方法呢？用的是 by 所引導的「介系詞片語」： by talking back to the screen, whistling, and making noises。這邊作者用「對等連接詞」and 告訴我們，年輕人用了三種方法努力討好他們的朋友：(1) talking back to the screen（對銀幕中的人回嘴）、(2) whistling（吹口哨）、(3) making noises（發出噪音）。

第三句用的是著名的「假設語氣」，講的是大人在電影院的行徑。句中的 act 是「動詞」，為「表現、行動」，as if 是假設語氣用詞「就好像…」之意，因此整句話是大人「好像把戲院當作自家客廳」。怎麼說呢？第四句話說給你知： They comment loudly on the ages of the actors and reveal plot twists。They 想當然爾是前一句講的 adults，作者這裡同樣用「對等

連接詞」and 告訴我們，大人在戲院做了哪兩件事：(1) comment loudly on the ages of the actors（大聲的評論演員年紀）、(2) reveal plot twists（洩漏劇情的曲折離奇處）。這裡的 plot 指的是「劇情、故事」，twist 本意是動詞「扭轉」，變成名詞後就是「劇情扭轉的地方」，也就是令人意想不到的劇情發展，這也是作者在 twists 之後用 that 引導的「形容詞子句」 *that are supposed to be a secret until the film's end* 來形容 twists：「應該在電影結束前被當成秘密」！另外，be supposed to... 是「本應當是…」的意思。

作者這邊所描述的大人在電影院的討厭行徑，你是不是感同身受？我想如果作者是台灣人，應該會在令人髮指的行徑中再加入一項：
When I am at the movies, I hate to have people talking and laughing on their cell phones.

接下來的兩句話並不特別針對某個年齡階層的觀眾，而是**泛指每個人**：People of all ages create distractions. 我們雖不認得 distractions 這個字，但從下一個句子中大家惡劣的行徑就

可以知道，distractions 一定是個「**負面字**」。至於大家惡劣的行徑有哪些？作者用了三個動詞，結構十分工整的告訴我們：(1) crinkle candy wrappers、(2) stick gum on their seats、(3) drop popcorn tubs or cups of crushed ice and soda on the floor。我們雖不認得 wrappers，但我們認得 wrap（將東西包起來；動詞），這邊 wrap 加上 -er，變成名詞，就是「包裝紙」的意思。gum 是「口香糖」的意思；tubs 本意是洗澡用的那種「桶子」，這邊接在 popcorn 的後面，指的就是裝一大堆 popcorn 的「紙桶」了！ cups of crushed ice and soda 指的是「一杯杯的碎冰及汽水」。

看完這段，我們可以十分肯定的說，困擾我們許久的 patrons 一定是指有生物的「顧客」，因為這段講的盡是觀眾的惡行：

1. 小朋友
2. 青少年
3. 大人
4. 所有的人

另外，你有沒有注意，作者也很有技巧的從「年紀小」的顧客寫到「年紀大」的顧客，最後再將所有的人全包括進來，這種寫作技巧可以學一學哦！

文章第五段：結論

（主題句）

Six months ago, after arriving home from the movies at night, I decided that I was not going to be a moviegoer anymore.

（支持細節）

⑴ I was fed up with the problems involved in getting to the theater, resisting unhealthy snacks, and dealing with the ill-mannered patrons.

⑵ The next day, I arranged to have movie channels installed as part of my cable TV service, and I also got a membership in my local video store.

⑶ I may now see movies a bit later than other people, but I'll be more relaxed watching movies in the comfort of my own place.

第五段是整篇文章的最後一段，因此是「結論」。「主題句」講的是作者 decided that I was not going to be a moviegoer anymore（決定再也不當個看電影的人了），與第一段相呼應。這裡的 moviegoer 是作者的「自創字」，由 movie 加 go 加 -er 而來，成為「看電影的人」。

　　「支持細節」接著便告訴我們，作者下定決心後怎麼採取行動。不過在敘述這些行動前，他很善良的將「命題句」與內文所講的三個東西**重述一遍**，加深我們的印象：

I was fed up with the problems involved in (1) getting to the theater, (2) resisting unhealthy snacks, and (3) dealing with the ill-mannered patrons.

　　這裡的 be fed up with... 是「因為很多⋯而厭煩」之意。*un*healthy 是 healthy 加「否定字首」*un-* 而來，*ill*-mannered 也是一樣，是 mannered（禮貌的）加上 *ill-* 這個「否定字首」，變成「沒有禮貌」的意思。

　　「支持細節」的第二句講的是作者採取的兩個行動：(1)

arranged to have movie channels installed、(2) got a membership in my local video store。其中 have... installed 是「叫人來裝設⋯」之意，membership 是從 member（會員）加上抽象名詞字尾 -ship 而來，所以是「會員資格、會員身分」的意思。最後一句是作者對整篇文章的**綜合想法**，用到「比較級」later than...（比⋯晚）；最後的 in the comfort of my own place 是由 in 所引導的片語，是「在自家舒舒服服」之意。

至於這篇文章「結論」的寫法則是應用了我們上面所說的四種形式的第一種：「**整理摘要及提供省思**」。「摘要」在：

I was fed up with the problems involved in getting to the theater, resisting unhealthy snacks, and dealing with the ill-mannered patrons.
我已經十分厭煩去戲院、抗拒不健康的零食、以及與習慣不好的戲院顧客周旋。

而「**省思**」則在最後一句話：

I may now see movies a bit later than other people, but I'll be more relaxed watching movies in the comfort of my own place.

我或許要比別人晚一點看到電影，但我可以在自家舒舒服服的看電影了。

全文翻譯

戲院看電影的壞處

我是一個電影迷，我的朋友都要靠我知道相關的電影細節、八卦等。然而，朋友們已不再約我去戲院看電影了。雖然我現在還是像以前一樣熱愛電影，可是出門種種的不便、電影院裡各式各樣的誘惑、以及戲院裡有些顧客的行徑，是我寧可等久一點，然後在家看錄影帶的原因。在接下來的段落，我會詳述三個我為什麼不去電影院的理由，以及我為此所做的改變。

第一，我就是不喜歡出門看電影的所有麻煩事。現在許多小的當地戲院已不復存在，所以我必須開30分鐘的車去最近的影城看電影。我一旦到了那裡，影城也因為與其他許

多家餐廳共用停車場，所以總是十分擁擠。我必須繞呀繞的去找個停車位。接下來就是站著排那永無止盡的隊，而且要一直擔心我想看的那部電影的票會不會賣光。不過就算真的買到票，戲院通常也會因為太擠，我和朋友必須分開坐，或者我們必須在在前排，張著嘴很辛苦的盯著超級大銀幕看。

第二，戲院賣了一堆我真的不需要的零食。像大多數人一樣，我必須對抗我日益增大的腰圍。在家的時後我通常做得不錯——就是不要亂買傷體重的東西，可是到戲院，就好像在一個有銀幕、有舒適座椅的 7-11 度過夜晚一樣。雖然我試著說服自己只買健怡可樂，但滴著奶油的新鮮爆米花香味很快就打敗我了。巧克力棒也不知怎地跳到我的手中。看完電影時，我對自己感到不齒。

與零食販賣部比起來，許多電影院顧客的問題更嚴重。小孩子成群結隊、上上下下在走道賽跑，發出咯咯的聲音。青少年對銀幕中的人回嘴、吹口哨、發出噪音，想要討好他們的朋友。大人好像把戲院當作自家客廳，大聲的評論演員年紀、以及洩漏劇情的曲折離奇處，而這些秘密本是電影最後才應揭曉的。整個戲院不分男女老少，大家都在製造令人

分心的事情：搓揉糖果紙，發出裝裝的聲音、把口香糖黏到椅子上、把爆米花桶或一杯杯的碎冰及汽水倒在地上。

　　六個月前的一個晚上，看完電影回家後，我決定以後再也不去戲院看電影了。我已經十分厭煩去戲院、抗拒不健康的零食、以及與習慣不好的戲院顧客周旋。隔天，我找人來安裝有線電視服務項目中的電影頻道，而且我也成為家附近錄影帶店的會員。現在，我或許要比別人晚一點看到電影，但我可以在自己家裡舒舒服服、更放鬆的看電影了。　■

附錄二　學語言，也學文化！

（以上漫畫改編自 Bigelow 與 Peterson 編的 *Rethinking Columbus: The Next 500 Years*, 1998）

在這本書的最後，我要與你分享這些年學英文、教英文、在台灣唸書、在美國唸書、在台灣生活、以及在美國生活的一些省思。

＊　　　　　＊　　　　　＊

我在美國求學，前幾年最令我感到挫折的，不是唸書考試時的辛勞，也不是日常瑣事的煩擾，而是與一群美國朋友聊天時，那種「每個英文字都聽得懂，卻不知哪裡好笑」的尷尬。偏偏美國人最愛講笑話、電視裡每天播的又是情境喜劇、好笑的脫口秀，相信我，那種「**眾人皆笑我獨茫**」的滋味真不好受！

在教學生涯裡，我也認識很多同學，為了要提升英文能力，每天埋首於字彙表、文法書當中。他們認為只要花功夫苦讀，無論如何應可將英文「練好」。另有一些外文系的學生，雖有不錯的英文能力，對英語系國家了解卻有限，因此面對外籍人士較深入的談話內容，往往不知如何應付。

這些同學忘了，語言學習不該是一個封閉的過程，而是與人互動、與時俱進的過程。他們也可能不了解文化與語言的「互依性」（interdependence）及「互連性」

（interconnectedness）。著名的教育學家 Henry Trueba 曾說過一句很重要的話：「語言是文化的中心，而文化亦是語言的中心。」（Language is the heart of culture and culture is the heart of language.）因此我可以很肯定的說，一個學語言的人若不能深入了解語言當地國的文化，包括政治型態、社會制度、風俗習慣、經濟活動、歷史等，則這個人無法將此語言學得透徹。

學語言，為什麼要學文化？

讓我先舉幾個例子。

有些同學常用 Orientals 形容自己東方人的身分，殊不知這個字其實含有很深的對東方人及亞洲人的歧視（此字應翻成「東夷」，而非「東方人」）！

其他歧視亞洲人的字還有很多，包括歧視中國人的 Chinamen（但我還是常聽到不知情的同學使用此字）及 Chinks、歧視日本人的 Japs 或 Nips、歧視菲律賓人的 Flips、

歧視韓國人的 Gooks 等等。

另外，美國的黑人可以彼此間暱稱 Nigger，但若聽到其他族裔的人如此叫他們，便會火冒三丈。從歷史的角度來看，美國政府當初為了彌補前人對黑人的不平等待遇，將黑人重新定名為 African American，卻也引起許多在美國擁有獨立自主生活的黑人不滿；一方面他們雖承認祖先來自非洲大陸，另一方面也想表明自己在經過多世代的努力後，已在美國擁有自由民主且富裕的生活，與現在仍在非洲，飽受饑荒、戰爭、疾病、文盲所苦的非洲人不同，因此對 African American 這個稱號的認同度不高。黑人歷經多次名稱上的改變，由 colored people 到 people of color，在 1960 年代左右，人權運動（civil rights movement）萌芽後，為了展現自我認同，一些黑人提出 Black is beautiful 的口號，現在很多黑人還寧可你稱呼他 Blacks 而非 African American 呢！

還有就是美洲大陸的原住民 Indians（印地安人）。從西元 1792 年起，美國人在每年十月十二日或十月的第二個星期一都會慶祝「哥倫布日」（Columbus Day），用以紀念義大利航海家哥倫布「發現」美洲新大陸，哥倫布這位「偉大的航海

家」的形象也一直深植於許多人心中。然而根據歷史記載，當年哥倫布與隨從的歐洲人到達美洲，對心目中茹毛飲血、沒有知識文化的印地安「土著」，其實犯了下許多令人髮指的罪行；放狗撕咬原住民、強迫他們替白人淘金，達不到要求就殺戮等等慘絕人寰的事情層出不窮。

對當時的歐洲人而言，他們的確「發現」（discover）美洲大陸，但對當時在美洲大陸居住已久的原住民——美國印地安人而言，他們原本居住的地方並不是被「發現」（discovered）的，而是被「占據」（occupied）或「征服」（conquered）了。

由此可知，一件事情的真相時常因為背後的政治、歷史、權力關係⋯等因素而被扭曲，唯有對事事抱持開放的態度、培養預期複雜事物的能力、並時刻檢視自己知識建構的過程，才能用多元的角度去解讀事件，釐清事實真相。

在美國，這幾年已開始有原住民對「哥倫布發現新大陸」（Columbus discovered America.）這句話感到不滿，紛紛要求政府在媒體及教科書等處做修正，還原歷史真相。在一些志士仁人的奔走下，美國政府雖做了某種程度的努力，但在許多

美國人心中，一提到印地安人，腦中還是不免浮現那滿臉紋彩、野蠻又落後的形象，這可以從許多球隊喜歡用與印地安人相關的名稱（例如 Redskins）或影像（例如滿頭羽毛、手持矛箭）來當做隊名或隊呼看出。

另外，有關印地安人的俚語或字彙也有許多帶有負面之意，例如有個諺語是這麼說的：The only good Indian is a dead Indian.（唯一的好印地安人就是死掉的印地安人，意指「印地安人沒有一個是好人」）；很多父母形容孩子不聽話時也會說：They have been acting like wild Indians.（他們鬧得像印地安野人似的）；英文裡甚至有一個詞叫做 Indian giver，意思是「送人家禮、後來又跟人家索回」的意思，如 He is an Indian giver. 就是說這人不夠意思，送人東西後又向人討回去。

讓我們看看「附錄二」扉頁（P.250）的那則漫畫。

漫畫中，美國山姆大叔不悅地看著一旁墨西哥裔及亞洲裔的移民，說：「是到了該把美國從非法移民手中搶回來的時候了！」身邊的印地安原住民則對山姆大叔說：「那我先幫你打包！」

我相信這則漫畫裡的英文字你都認得，句意也能明白，但如果你不知道美國原住民與白人的那一段恩怨情仇，甚或現今美國對越來越多的中南美洲裔、或是亞洲裔非法移民大傷腦筋的情況，就不能了解這則漫畫的含意了！

重男輕女的英文

接下來讓我們看點輕鬆的。許多人乍看到以下這個句子：

She is the chair of the Department.

可能會搞不懂為什麼「人」會與「椅子」扯上關係？但若你知道 chair 這個字是從 chairman 演變到 chairperson、再演變到 chair、而現在又有趨勢回到 chairperson 後，你就會恍然大悟了。原來英語是個很「大男人主義」的語言，「商人」叫business<u>man</u>、「業務員」叫 sales<u>man</u>、「風雲人物」是 <u>Man</u> of the Year、連「人類」都叫做 <u>man</u>kind，完全將我們偉大的女性排除在外。

在女性意識抬頭後，許多女權主義者紛紛要求將女性包含在語言中。於是女的 business<u>man</u> 變成 business<u>woman</u>，女的 sales<u>man</u> 變成 sales<u>woman</u>，女的 <u>Man</u> of the Year 變成 <u>Woman</u> of the Year，<u>man</u>kind 變成 <u>human</u>kind 或 <u>human</u> beings。女權意識高漲的人甚至不爽 <u>his</u>tory 這個字，認為是 his 與 story 的結合，而硬要將「歷史」這個字改成 <u>her</u>tory！

　　但過了一段時間後，人們又覺得這樣區分很是麻煩，乾脆就創造一些「中性字」，以免去爭議。因此，businessman 或 businesswoman 又統一變成 business professional，salesman 及 saleswoman 統一變成 salesperson，Man of the Year 及 Woman of the Year 統一變成 Person of the Year，而像 chairman 或 chairwoman 則省略成 chair。但一段時間後又有人覺得像 chair 這樣的字實在矯枉過正，聽起來既滑稽又彆扭，因此近年來又改回 chairperson。

不知道你有沒有發現，中文其實也是一個很「大男人主義」的語言，我們光看「造字」就知道了：幾乎80%有「女」字旁的中文字，都帶有不好的意思，例如：「姦」、「奸」、「妒」、「妖」、「嫌」、「婪」等。其實不只是單字，連許多成語、慣用語，例如：「婆婆媽媽」、「娘娘腔」、「婦人之仁」、「婦人之見」等，都充滿對偉大女性的輕視！

　　好，現在請問，「警察」、「國會議員」、「郵差」的英文是什麼呢？別忘了要「女男平等」哦！

以前	現在	中文
policeman	police officer	警察
man-made	synthetic; artificial; manufactured	人工的（非天然的）
foreman	supervisor	工頭、領班
mailman	mail carrier	郵差
congressman	congressional representative	國會議員

另外要注意的是，寫文章時，以往指稱「人」時，用的都是「男性」的 he、his，例如：Everyone should love his parents.（凡人應愛其父母）、Man is his own worst enemy.（人是自己最大的敵人）、The folly of one man is the fortune of another.（一人的愚癡乃他人之福氣）等等，但男女平權的概念興盛後，我們一旦提到「人」時，就必須「男」、「女」皆用，因此很多時候你會看到一篇文章中出現下列的寫法：he or she、his or her、him or her、s/he 或 his/her，例如：Everyone should love his or her parents.、He or she who loves animals is trustworthy.（愛動物者值得他人信賴）…老實說，這種寫法還挺煩人的！

　　因此就有人提出來，遇到這種情形時，能用「複數」的人稱就用複數，因為「一個字」的 they、their 或 theirs 總比「兩個字」的 he or she 及 his or her 來得簡單省事！如果不能改成複數，則要找一些「中性」的字，例如：person、human beings 來代替。因此上面舉的那些例子，最好是改寫成下面的這些句子：

❖ Everyone should love his or her parents.

◆ 改為 People should love their parents.

❖ Man is his own worst enemy.

◆ 改為 Human beings are their own worst enemy.

❖ The folly of one man is the fortune of another.

◆ 改為 The folly of one person is the fortune of another.

❖ He or she who loves animals is trustworthy.

◆ 改為 People who love animals are trustworthy.

由此可知，語言的演變與當時的社會制度、權力結構等有極深的關聯，英語若要學得透徹，對英語系國家深入的了解是必須的。

政治正確不正確？

另外，在美國，許多自由派（Liberals）或改革解放派的

人士十分重視人道關懷及少數民族或弱勢團體的權益，主張在言語行為上避免對弱勢族群流露偏見，特別是在種族、性別、性別傾向、或生態等議題上。這些自由派及改革解放派的人士因此很看不慣一些「保守派」（Conservatives）在指涉社會上較弱勢的人士時所流露的輕蔑與不尊重，批評這些人講話通常「政治不正確」（politically incorrect），並強力主張大家要無時無刻使用「政治正確」的用語。一時之間，許多以往慣用的詞彙只要被扣以帶有「政治不正確」的帽子，便會引來眾人撻伐。

這幾年來許多美國人為了要確保 politically correct（「政治正確」；意指用詞遣字時，要小心翼翼，務求不歧視任何社會上「較不幸運」的人士），紛紛改變以往對社會上弱勢族群的稱呼。例如：將以往通稱外國人的 alien（其實這個字也是「外星人」的意思）改成 expatriate，將聽起來不事生產的 housewife（家庭主婦）改為較好聽的 homemaker，將 janitor（工友）改成很專業的 sanitation engineer（公共衛生技師）等。

這些年來，一些美國人為顯示自己擁護 politically correct 的決心，還喜歡將字造得很長，或在字尾加上 -challenged。例

如，說一個人「弱智」（He is retarded.）是很無禮的，必須說這個人「智力上受到挑戰」（He is mentally-challenged.）；同樣的，稱人家「矮子」（He is short.）很過分，要說「這個人在垂直高度上受到挑戰」（He is vertically-challenged.），當然，照這種標準批評一個人很醜（He is ugly.）是很傷人的，必須說 He is aesthetically-challenged. 現在科技發達，但連要罵一個人是「電腦白痴」，都要說 He is technologically-challenged. 你說誇不誇張？

aesthetically-challenged

vertically-challenged

technologically-challenged

英文就像中文一樣，是與時俱進、隨時空改變而改變的。在台灣，我們不也就將帶有歧視意味的「山地人」及「殘廢」，正名為「原住民」及「殘障者」或「身障者」？

不過近年來也有人批評，若要事事做到 politically correct，那幾乎有一半的英文字都可以找出問題了！讓我們來看看下面這三個字的「演化」過程。你是不是覺得有些可笑呢？所以近年來當人們用到 politically correct 這個字時，很多時候反而是嘲笑那些處處怕得罪人，專愛講「外交辭令」，卻搞得自己「裡外不是人」的人或政策了！　■

以前	80 年代	90 年代
deaf（耳聾）	hearing impaired	aurally-challenged
blind （眼盲）	sight impaired	visually-challenged
fat（肥胖）	big boned	alternative body image

參考書籍

中文部分：

守誠（1999）。單字進化論。台北：經典傳訊。

吳帆（2001）。英文句法精義。台北：書林。

吳蓉蓉（1999）。英文閱讀及寫作技巧精通。台北：文鶴。

陳定安（2000）。英漢比較及翻譯。台北：書林。

英文部分：

Bigelow, B. & Peterson, B. (Eds.) (1998). *Rethinking Columbus: The Next 500 Years*. Rethinking Schools, Ltd.

Hogue, A. (1996). *First Steps in Academic Writing*. Longman.

Fredrickson, T. L. & Wedel, P. F. (1984). *English by Newspaper*. Thomson Learning.

Langan, J. (2000). *College Writing Skills*. McGraw-Hill.

Merriam-Webster's Collegiate Dictionary. (2003). (11th Ed.)

Strauch, A. O. (1997). *Bridges to Academic Writing*. Cambridge University Press.

英語保送班第一課——單字篇

★ 字典叫做「工具書」，不是「聖經」，不是「教科書」，也不是「世界名著」，不需要背、也不需要時時刻刻放在書桌上假用功。

★ 閱讀時，千萬不要因為沒有在第一時間查字典而後悔，也千萬不要怕「猜字」或「猜錯字」；沒有經過痛苦的學習，它的效果不見得長久。

★ 在記憶單字時，千萬別死記死背，而是要一邊背誦、一邊廣泛閱讀，利用閱讀時所碰到的單字回去「印證」所背誦的字，這樣單字量才能有效且快速的累積。

★ 英文有許多具「基模」的單字，你只要知道這些字的基本涵義，建立正確的「基模」，便很容易可以在下次、或別的場合看到相同的單字時，利用「推理」的精神將這個字的其他意思推演出來。

★ 單字有些要背、有些只要認得就好。我們必須熟記日常生活及專業上用到的英文單字，但對於艱深而較少出現的字，應抱著「隨遇而安」的態度：遇到了就猜一猜，猜不出來就查字典，不要勉強自己死記死背這些單字。

英語保送班第二課——基礎句型

★ 「文法」並不是英文的全部、也不應該是英文的全部。

★ 「英文句子只有一個主要主詞、一個主要動詞，其他的都是廢話」！

★ 多麼簡單的一句話，卻代表了英文文法最精華的所在。

★ 英文是一種很科學、很嚴謹的語言，因此只要掌握英文句子中重要的概念，便可以有效且快速的閱讀英文句子。在閱讀時，只要能找

★ 出一個句子的「主詞」與「動詞」，便能瞭解大部分的句義。

閱讀時，如果可以將形容詞片語、副詞片語等枝枝節節的東西劃掉，便可以輕易找出一個句子的「主詞」及「動詞」。這樣一方面可以將注意力放在重要的地方、有效了解句義，一方面也可以減少需閱讀的字數、縮短閱讀時間。

英語保送班第三課──會聽就會說

★ 台灣社會並沒有提供一個有利於學習英語的大環境；你若有心增強聽、說能力，便要自己「創造」環境，而不是「被動」的等待別人提供一個全英語的環境。

★ 對矯正自己英語發音有興趣的人，必須先瞭解清楚基本的「發音方法」後，大量模仿native speaker的說話方式。

★ 英語的發音有規則可循，但有「規則」就有「例外」，你千萬不要太拘泥於「規則」，不然一遇到「例外」，挫折感便會很深。

★ 發音規則的背誦不那麼重要，重要的是你能不能在說英語時，習慣成自然的將這些規則用出來；或者是當別人用到這些規則時，你能不能馬上吸收、理解、反應。要達到這些境界，唯一的方法就是多唸、多聽、多與人交談！

★ 稍有瑕疵的英語，總比永遠無法開口的英語好，你一旦習慣隨意開口說英語，慢慢地就能藉由「習慣」自己的英語，開始聽出自己口語中不甚完美的部分，然後再加以改善。

未來學習趨勢

編號	書　名	作　者	譯　者	內　容	頁數	定價
01	哈佛女孩劉亦婷——早期教育與小學培養紀實	劉衛華、張欣武		「哈佛女孩劉亦婷」與「富爸爸」並列中國大陸文學與非文學銷售排行榜	288	336
02	哈佛女孩劉亦婷——中學六年、衝刺哈佛紀實	劉衛華、張欣武		「不是天才，一樣念哈佛　透過早期與後繼教育，培養孩子全方位優秀素質	256	250
03	早期教育與天才	木村久一	河北大學日本研究所	即使是生來天賦異稟的聰明孩子，也必須施予早期教育才能成為天才	256	249
04	正在發育	蔣方舟		我11歲，「天才」是個好意思，我就是天才；「天才」是個壞意思，我就不是個天才。	256	199
05	千萬別管孩子 Part 1	宇　飛		沒有教不會的孩子，只有不會教的孩子；你眼中的平凡孩子，可能是別人眼中的天才。	288	260
06	千萬別管孩子 Part2	宇　飛		讓十三億閱讀人口驚奇萬分的嶄新「自主教育」方法！	256	230
07	輕輕鬆鬆上哈佛	宋元、陳小放		破除當代對於天才養成教育的迷思	288	250
08	都是爸爸媽媽的錯？	陳山原‧張健麗		北京師範大學教育研究群精心策劃　歷時1年精闢分析國內外教育典範	224	230
09	爸爸媽媽錯在哪裡？	陳山原‧張健麗		名主持人鄭弘儀、中視名主播陳明麗　溫馨推薦	192	230
10	我平庸，我快樂	周　洪		評論家口中的教育炸彈；2002年全球華人地區最暢銷、最聳動的話題書	272	250
11	有效解決孩子的問題	陳曉露、殷剛		專家一針見血的有效解決二十五道孩子潛在的問題	208	210
12	孩子的問題誰知道	陳曉露、殷剛		教育改變著家庭和世界的未來，一本說明教育的主戰場是家庭的父母必讀書。	208	210
13	柯志恩談母職心體驗	柯志恩		透過孩子，父母可以反照自己的一本榮獲金鼎獎優良圖書肯定的好書。	256	220
14	闖入華爾街的女孩	陳　磊		一個平凡的孩子，一段不平凡的光榮歲月。作者將學習上的心得，留學生涯的點滴，完整紀錄，值得重視下一代教育的您，細細品讀。	288	250
15	好媽媽，壞媽媽	王　毅		沒有天生的壞孩子，只有不懂得教育的媽媽	256	250
16	玩學習	陳克正		三個博士姊妹的賞識教育	256	250
17	孩子可以說「不」	劉亞偉		第一本為孩子合理的反抗行為撐腰打氣、鼓勵孩子說「不」的書	224	230
18	100句爸媽不該說的話	邵澤水、張健麗		為了孩子，為了自己，每個父母都需要學習，警惕掛在嘴邊的傷害。一本給隨時可能無心的父母的好書	272	250
19	天才都是誇出來的	王瑞富、洪官均　楊有亮		誇獎對於孩子，就像陽光對小草一樣重要，掌握好誇獎這個法寶，就抓住了孩子成功的關鍵！	256	250
20	鼓勵造就 A+ 生	王瑞富、洪官均　楊有亮		良好的EQ不僅是打開學習成功大門的金鑰匙，更影響孩子一生的發展，讓孩子在鼓勵中成長，就抓住了孩子幸福快樂的關鍵！	256	250
21	親子 EQ	鍾思嘉		你也許知道一些EQ的內涵，其實你擁有EQ，只是今天得學習努力把它發揮出來，成為稱職愉快的高手。	224	230
22	體驗哈佛Ⅰ：留學生活紀實	宦一鳴、邵亦波　王海蓬、王燁　張蔚		頂尖哈佛人，教你「玩」與「學」並進，人生充實而豐富！透過哈佛人的心路寫真，開啟成功的大門。	256	250

編號	書 名	作 者	譯 者	內 容	頁數	定價
23	體驗哈佛 II：頂級 MBA 求學之路	陳劍鋒、黃晶生、李雯青、譚海音、信躍升		思路決定出路！哈佛 MBA——總裁的搖籃：培育出世界各地優秀的企業名人，提供實現理想的道路。	256	250
24	放心去飛 1 一本培養國際人才的教育書	劉建國		佳佳邁向英美頂尖大學的成長之路，獻給所有關心孩子未來前途的父母	280	260
25	放心去飛 2 培養孩子的國際競爭力	劉建國		本書詳述佳佳申請英美頂尖大學的經過，並從中帶出作者對培養孩子國際競爭力上獨特的教育觀點。	256	260
26	井深大零歲潛能教育	李 楊		全世界都在提倡早期教育的重要性，父母不可忽視的教育潮流！	256	250
27	2-12歲教育企業家幼苗潛力發掘班	陳宇華		找出孩子的天賦，啟動他的財富智慧，培養孩子將來走入商場、做出色的經理人！	256	260
28	2-12 歲教育培養知識精英增加智慧 DNA	陳宇華		有技巧的激發孩子求知慾，引導他們一步一步從興趣發展到樂趣，增長更多智慧，是爸媽重要的課題。	256	260
29	領袖才能 從 2 歲開始	陳宇華		從鍛鍊執著力、加強合作觀念等方面著手，培養子女的領導能力，讓他們得以成才成功。	256	260
30	孩子家教 100 分	蜜雪兒・玻芭	鄭永生	一份周詳規劃的行為轉變計畫，搭配上 21 天的貫徹執行，想要教出好教養的小孩，沒問題！	320	300
31	蒙特梭利教育法讓孩子從小玩出智慧	晨曦博士		本書的主要重點被放在，如何把一個普通兒童培養成為英才？相信這也是無數家長十分關心的話題。	368	280
32	好媽媽慢慢來	申宜真	張春海	亞洲超級媽媽育兒經典，高居韓國女性圖書銷售第一的超級暢銷書。	256	250
33	西方教育理念與實務孩子聰明學習的 8 法則	晨曦博士		以美國父母家教科學方法為基礎，從日常生活著手，為孩子打造多方學習的優質環境。	256	260
34	孩子，你要懂得保護自己	寶拉・史姐曼	張倩茜	本書提供讀者一個簡單、實際的手法，以進行個人安全輔導，讓父母對兒童安全教育有一定了解了。	304	280
35	西方教育理念與實務孩子快樂成長 7 要素	晨曦博士		從生活小細節做起，培養孩子良好的品德與人格，為他們美好的未來幸福打穩基礎。	240	250
36	做個99 分的父母	約翰・沙利	胡育慈	父母往往總是疏忽自己的感受，全然為子女著想，立志做個百分之百的好爸爸、好媽媽。	192	220
37	讓孩子 2 歲就很迷人	陳宇華		市面上第一本教你如何培養迷人女性的教育指南！	256	250
38	斯賓塞的科學家庭教育	晨曦博士		斯賓塞曾獲英、美、法、丹麥等 11 個國家，32 個學術團體推崇，並賦予「教育大師」榮譽稱號。該著作自問世以來，成為西方家庭與學校的教科書。	368	300
39	潛能開發遊戲書	龔婭杰、王經濤		掌握孩子潛能發展的黃金期，0 ～ 4 歲早期幼兒教育的行動指南	304	250
40	孩子的DQ 很重要	葛瑞格・辛諾曼博士	張慎修	沒有兩個孩子是完全一樣的，就連管教的方式也是因人而異，因此本書強調父母必須先了解孩子的DQ。	224	240
41	媽咪，我們今天玩什麼	莎莉・戈伯	張勤	本書中所介紹的遊戲和玩具都曾經過數百位父母及其寶寶的試用，並被證明可以增進父母與孩子之間的交流。	256	250
42	父母是孩子的同齡人	陳建翔		本書針對學齡前的兒童成長中可能遇到的各種問題給予具體解答和建議，內容深入淺出，形式活潑親切。	256	250

Rich Younker

編號	書　　名	作　者	譯者	內　　容	頁數	定價
01	致富關鍵報告	邁可方圓		富爸爸五十二個忠告之一，同時擁有物質與心靈的富有	208	199
02	麥田裡的金子	邁可方圓		富爸爸五十二個忠告之二，同時擁有物質與心靈的富有	208	199
03	錦囊中的錦囊	邁可方圓		富爸爸五十二個忠告之三，同時擁有物質與心靈的富有	208	199
04	活學活用三十六計	王沖、沙雪良		在現代社會，爾虞我詐的年代裡－用之有道，防之有法	320	280
05	致勝奇招孫子兵法	王沖、沙雪良		在現代社會，爾虞我詐的年代裡－用之有道，防之有法	320	280
06	誰才是天生贏家	柏寶・薛佛	管中琪	每個人的真實能力遠比目前表現在生活中的選擇更多	272	259
07	VW 總裁心	蕾塔・史汀斯	張淑惠	只有一探 Volkswagen，才能真正反敗為勝	224	220
08	妳自己決定成功	蒂娜・珊蒂・馥萊荷娣	賴志松	一旦女人發現溝通的藝術隱含有多大的力量，她們就會登上巔峰	192	199
09	修鍊自己，打敗高失業率	李中石		進入社會－你不得不會的生存法則和成功金律	224	220
10	就是沒錢才要創業	李中石		「創業」並不需要很多資金、技術、時間或經驗。能不能成功，全在於敢不敢踏出第一步	272	250
11	創造企業螺絲釘	李中石		企業管理者必備的用人寶典，更是讓上班族搶先一步窺視上司心理的實用書	224	220
12	生ద్ 就是談出來的	李中石		158 招說話辦事絕活＋六位台灣名人的輝煌經驗…告訴你怎麼替自己的人生，談出一筆大生意	256	239
13	你一定要會的交際 36 計	李中石		成功的關鍵取決於你的交際能力	224	199
14	你一定要會的管人 36 計	李中石		三等人用錢買人　二等人用權壓人　一等人用計管人	320	249
15	你一定要會的用人 36 計	李中石		用人得當，就是得人；用人不當，就是失人	224	199
16	你一定要會的求人 36 計	李中石		離芭立靠椿　人立要靠幫	208	199
17	健康煮出一拖拉庫的現金	朱淑娟		火鍋要怎麼煮要怎麼吃，開店怎麼賺大錢怎麼聚人氣，劉爾金一次告訴你	192	250
18	中國十二大總裁	亓長兵、黃蘊輝		締造「中國第一」，全球 15 億華人必備的總裁成功與致富經典。成功＝智慧×努力 十二大總裁是如何掌握改變他們命運的關鍵時刻？	272	250
19	哪把椅子是我的？	吳芝雯		你的「職業錨」拋向哪裡，決定和影響著一個人的成敗得失，也決定和影響著一生能否獲得快樂和幸福	256	250
22	銷售狂人： 行銷巨人洛夫・羅勃茲之傳奇	Ralph R. Roberts & John Gallapher		Ralph R. Roberts 可說是美國房地產頁的一則傳奇，《時代雜誌》曾專文報導，並被譽為「全美最酷人的超級業務員」	272	250
23	活錢：換種方式累積財富	易虛、李涌泉編著		懂得賺錢，你可以成為百萬富翁，但懂得活用財富，你才能成為快樂的富翁。為了過快樂的富翁生活，請打開這本書吧！	256	230
24	玩錢：理財致富的最高境界	吳蓓、李平編著		智慧才是致富的法寶！如果能將知識資本化，並善用於別人的智慧，就能財源滾滾！	256	230
25	狐狸上學班：手腕＞打拼	劉思華		狐狸的機智與圓滑讓你在職場求生靈活，不要上班，只怕上了班卻無法升官	288	220
26	OL 魅力領導書	劉思華、李潔		職涯競技場中，為求生存，各憑本事，然屈居於弱勢的職場女性，要懂得掌握女性優勢，發揮獨特風格，別成了誤闖禁區的小白兔	256	220
27	逆境商（AQ）修鍊	于建忠		AQ（逆境商）是我們在面對逆境時的處理能力。	288	250
28	OL 自信滿點書	劉思華、李潔		做個美麗而有自信的粉領女性，在職場中盡現鋒芒。	224	230
29	一本教企業人 social 的書	崔慈芬		社交是人與人相處的基本功夫，做好 social 給你好人緣	288	260
30	管理 48 條突破思考	戴志純		集合近百年的國際企業編成的 48 篇故事，激發你的管理細胞。	224	230
31	創造卓越品牌必修的 40 堂課	戴志純		40 則故事，看企業打造金字招牌的苦心與智慧，你絕不能錯過。	224	230
32	散戶戰勝股市 45 法則	楊櫂宇		教你在大盤漲跌的夾縫中求生存的實用法則。	224	220
33	投資股市孫子兵法	迪恩・朗道	烏凌翔 江少卿	投資市場就像戰場縮影，運用孫子智慧與觀念，戰勝股市。	264	250

很感謝您對高寶國際文化股份有限公司的支持，
我們將針對您提供的寶貴意見改進，讓本系列更臻完美。

・購買書名：用英文不用學英文——閱讀、寫作、進階句型篇

・姓名：＿＿＿＿＿＿＿＿＿＿＿＿＿＿＿＿＿＿＿＿＿

・性別：□男　□女　　・年齡：＿＿＿＿＿＿

・住址：＿＿＿＿＿＿＿＿＿＿＿＿＿＿＿＿＿＿＿＿＿

・職業：□學生　　　□公務員　　□服務業　　□製造業

　　　　□家庭主婦　□金融業　　□其他＿＿＿＿＿＿＿

・從何處得知本書：1.□逛書店　2.□報紙廣告　3.□雜誌廣告

　　　　　　　　4.□親友介紹 5.□廣播節目　6.□書訊

　　　　　　　　7.□廣告信函 8.□其他＿＿＿＿＿＿＿＿

・購買動機：□內容　□作者　□探討主題　□封面

　　　　　　□其他＿＿＿＿＿＿＿＿＿＿＿＿＿＿＿＿

・請在□中 ˇ 選你的意見

	相當滿意	普普通通	勉強通過	差強人意
＊內容題材	□	□	□	□
＊封面封底	□	□	□	□
＊文字編排	□	□	□	□
＊美編插圖	□	□	□	□
＊印刷裝訂	□	□	□	□

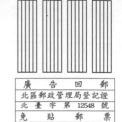

廣　告　回　郵
北區郵政管理局登記證
北　臺　字　第　12548　號
免　貼　郵　票

台 北 市 內 湖 區 新 明 路 174 巷 15 號 10 樓

高寶國際有限公司　　收

—閱讀、進化、讓智母亞麗
用英文未用書寫東方

高寶國際集團　品寶出版